JN226469

流星と稲妻

落合由佳

講談社

流星と稲妻

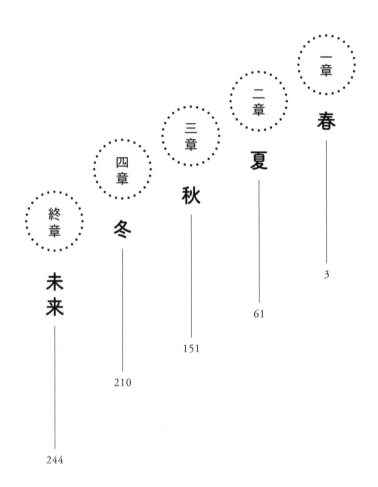

一章 春

一

宣言《せんげん》した十秒は、とっくのとうに過《す》ぎていた。

首から上を覆《おお》う面の中に、自分の荒《あら》い呼吸《こきゅう》がこもって響《ひび》く。それを耳障《みみざわ》りに感じるのは、集中が切れかかっている証《あかし》だ。

小さく舌打《したう》ちして、竹刀《しない》の柄《つか》を握《にぎ》り直《なお》す。前に出した右足に左足を引きつけ、右足をまた、前へ。床《ゆか》をするように動かした足の裏《うら》が、砂《すな》ぼこりでざらりとした。誰《だれ》だよ、さっきの掃除《そうじ》の時間にサボったやつは。あ、おれか。

阿久津善太《あくつぜんた》は剣先《けんせん》を動かし、かつん、かつんと相手の竹刀を左右から雑《ざつ》に叩《たた》いた。

おーい。おーい。

今度は上から数度、強めに押《お》さえてみる。

おーいってば。早くそっちからも打ってこいよ。

竹刀《しない》の先にこめた力は返ってこない。無視《むし》するように、ふにゃん、ふにゃんと受け流される。

試合が始まってから、相手はずっとこの調子だ。沈黙《ちんもく》したまま、善太の誘《さそ》いにも応《おう》じず、技《わざ》を仕かけてくる気配もない。視線《しせん》すら、一度たりとも合わせていない。

じれた善太がぐいと一歩踏《ふ》みこむと、相手はそのぶん、すっと引いた。真っ白な袴《はかま》のすそが揺《ゆ》れ、藍色《あいいろ》の胴《どう》が窓越《まどご》しに届《とど》く春の光を青く弾《はじ》く。善太はさらに追いかけ、強引《ごういん》に打ちかかった。

「こてぇえっ！」

相手の小手《こて》をうまく打てると、ぱくん、と小気味《こきみ》いい音がする。でも響《ひび》いたのは、自分の右足が激《はげ》しく床《ゆか》を鳴らした音だけだ。

ぶつかり合えない。善太は歯がみした。打たれるのがそんなに怖《こわ》いなら、最初からこの試合を引き受けなければよかったものを。

もういい、さっさとおれに斬《き》られろ。

ふっと強く息を吐《は》いて、よく見える脳天《のうてん》に狙《ねら》いを定めた、そのとき。

相手、蓮見宝《はすみたから》が、不意に善太を見上げた。

思わず身じろぎすると、その気弱そうな大きな目を、ゆっくりと一度、またたかせる。

まるで、『ごめんね』とでも言うみたいに。

対戦のきっかけは一週間前、クラス担任《たんにん》のある一言だった。

「来週の出前授業《でまえじゅぎょう》で、剣道経験者《けんどうけいけんしゃ》の二人に、模範試合《もはんじあい》をお願いしたいんだ」

「えっ、おれに？」

善太たちの通う小学校では、六年生を対象とした出前授業が年に数回行われる。出張《しゅっちょう》してきた近隣《きんりん》の中学校の教師《きょうし》とともに、中学の授業を体験するイベントだ。今回の内容《ないよう》は剣道ということで、善太にお鉢《はち》が回ってきた。

阿久津善太、十一歳《さい》。剣道を始めて六年目。級も持っていなければ、大会の入賞歴もない。思いがけない大抜擢《だいばってき》でにやつきそうになるのを、ほおの内側の肉をかんでこらえる。

「そうだ。いらっしゃる予定の先生も、ぜひに、とおっしゃっていた。やってくれるな？」

善太は肩《かた》を軽くすくめてみせた。もちろんやる気だ。でも、『やれやれ、おれとしては気が乗らないんですけどね』という前ふりは入れておきたい。

「あれ、やりたくないのか？　またいいところを見せてくれよ。相撲大会《すもうたいかい》で横綱《よこづな》になったときみたいに」

担任が笑顔《えがお》で張《は》り手《て》のまねをする。善太は去年、学校代表として参加した市の相撲大会で優勝《ゆうしょう》した。なかなか立派《りっぱ》なトロフィーももらった。よく中学生にまちがわれる熊《くま》のような巨体《きょたい》は、相撲《すもう》においてはなによりのアドバンテージだった。

善太はおもむろに両腕《りょううで》を上げ、クリームパンのような手を大きく広げた。

「ま、勝つまで十秒、ってところかな」

クラスメイトたちが、申し合わせたようにしらけた顔をする。教室内にいるのは二十名にも満たないけれど、これで六年生全員だ。ここの小学校は児童数が少なく、全学年一クラスずつしかない。

退屈《たいくつ》そうにペンをもてあそんでいた一人の男子が、あきれたように声を上げた。

「阿久津、こないだ体育でサッカーやったときもそんなこと言ってたよな。十秒でハットトリック決めるって」

「十秒でどうやって三回ゴールすんだよ。なあ」

ほかの男子が同調すると、どっと笑いが伝染《でんせん》する。いつもならここで笑ったやつらにつっかかるところだけれど、その日の善太は余裕《よゆう》で流した。

「これだからシロウトは。剣道《けんどう》は神速《しんそく》の世界なんだ。その気になれば〇・三秒で決まる、稲妻《いなずま》みたいな面だって打てるぜ」

「竹刀《しない》じゃなくて張り手《はて》でふっ飛ばしたほうが速そうだよね」

「いいから見てろよ。一本勝負なら、絶対《ぜったい》十秒で決めてやる。マジだからな」

「はいはい静かに。とにかく、みんなのいい見本になれるようにがんばるんだぞ。阿久津も、あと蓮見もな」

担任《たんにん》の視線《しせん》を追って、クラスメイトたちが窓際《まどぎわ》の列のいちばん後ろに注目する。

そこに座《すわ》っているのは、もう一人の剣道経験者《けんどうけいけんしゃ》、蓮見宝だ。

宝は両目の横に手を添《そ》えてうつむいていた。よくあのポーズを取っているけれど、いったいなんなのだろう。ああやって目をかくされると表情《ひょうじょう》がわからないし、そのうえ宝はほとんどしゃべらない。五年生の三学期に東京から転校してきて以来、ずっとクラスの中で浮《う》いたままだ。

ああいう変なところがなければな、と思う。都会から男子の転校生が来ると聞いたとき、善太はちょっと期待したのだ。いったい、どんなやつだろう。もし気が合って友だちになれたら、教室での毎日は、今よりきっと楽しくなる。

わくわくしたぶん、現《あらわ》れた宝があんなやつで、善太はがっかりを通《とお》り越《こ》して腹《はら》が立った。期待と興味《きょうみ》をまとめてぶん投げて、宝とは口もきかないまま、今日に至《いた》る。

「なあ蓮見、おまえは何秒で阿久津に勝てんの─？」

そろそろと顔を上げる宝に、一人が声をかける。すると宝のやわらかそうなくせっ毛が、おどろいた猫《ねこ》のしっぽのようにふくらんだ。大きな目を落ち着きなく動かし、善太と視線がかち合うと、びくりと肩《かた》を揺《ゆ》らして縮《ちぢ》こまる。ただでさえ小柄《こがら》な身体《からだ》が、ますます小さくなった。

あいつ、本当に、剣道《けんどう》やってんの？

面を打たれたら、頭を抱《かか》えてその場にうずくまってしまいそうだ。おれが悪者みたいになるのはいやだぞ。危《あや》ぶんでいると、隣《となり》の席の松田《まつだ》がにやにやしながら、善太の足を軽く蹴《け》った。

「剣道って、意外に楽そうだな」

「楽ぅ？　なんだよそれ」

「蓮見みたいなビビりでも、おまえみたいな根性《こんじょう》なしでもやれるんだろ？　だったら剣道もたいしたことなさそうじゃん」

「おれ、根性なしじゃねえし」

「よく言うよ。少年野球もサッカークラブも全然続かなかったくせに」

「おもしろくなかったんだからしょうがないだろ」

「ほらそこ、うるさいぞ。この話はここまで。授業《じゅぎょう》に入る」

担任《たんにん》に注意され、二人はぴたりと口を閉《と》じた。でもすぐに松田が小声でしゃべり出す。

「あれに負けたら、剣道もやめたほうがいいな」

「なんでだよ」

「才能《さいのう》ないから」

松田は担任《たんにん》の目を盗《ぬす》み、後ろを向くと、ちびた消しゴムを宝に向かって投げた。少年野球のチームに所属《しょぞく》しているだけあって、コントロールに乱《みだ》れはない。

宝は座《すわ》ったまま、上体《じょうたい》を右にすっと傾《かたむ》ける。

ん？

消しゴムは宝の顔の横を通って床《ゆか》に落ちた。ち、外した、と松田が舌打《したう》ちする。善太は一瞬《いっしゅん》熱くなった首の後ろを手でさすりながら、あえて強く言った。

「楽勝だ」

宝はわざわざ席を立って消しゴムを拾い上げたものの、松田が怖《こわ》くて声をかけられないのか、困《こま》った様子で自分の机《つくえ》に置く。その姿《すがた》に善太は確信《かくしん》を強めた。

楽勝だ。そう、思っていたのだ。実際《じっさい》に試合をしてみるまでは。


「いやあああーっ！」

蹲踞《そんきょ》から立ち上がると同時に、善太は雄叫《おたけ》びを上げた。

試合時間は三分の一本勝負。紺色《こんいろ》の剣道着《けんどうぎ》を着た背中《せなか》が燃《も》える。竹刀《しない》と防具《ぼうぐ》も自前のものをわざわざ家から持ってきた。気合は試合前からじゅうぶんだ。

向かい合う宝は、剣道着も袴《はかま》も白でそろえている。その立ち姿はちんまりとして、いかにも頼《たよ》りない。顔面を守る金属《きんぞく》の格子《こうし》、面金《めんがね》の内側から、気弱な雰囲気《ふんいき》がにじみ出ている。

おれくらいの剣道歴《けんどうれき》になると、構《かま》えただけで相手の実力、わかっちゃうんだよな。

善太は鼻で笑った。左足で床《ゆか》を蹴《け》り、剣先《けんせん》を突《つ》き出《だ》して攻《せ》めかかる。

「めぇえん！」

脳天《のうてん》目がけて振《ふ》り下《お》ろした善太の一撃《いちげき》を、宝があわてた様子で受け止める。二本の竹刀《しない》が破裂《はれつ》するような音をたてた。

ちぇ、防《ふせ》がれたか。

善太が打突《だとつ》の勢《いきお》いのまま体当たりすると、宝はあっさり後ろにふっ飛んだ。ひっくり返ったその手から竹刀が離《はな》れる。善太が追い打ちをかけるより早く、

「止《や》めっ」

審判《しんぱん》をしている中学校の先生が、試合を中断《ちゅうだん》した。選手が竹刀を落としたり転んだりして、試合を続けると危険《きけん》な場合は、こうして『止め』がかかる。でもその一声《いっせい》の前、一呼吸《ひとこきゅう》のうちに打突して、決まれば一本。剣道の根っこにあるのは、まちがいなく戦いなのだ。

宝はむくっと起き上がると、すぐに竹刀の柄《つか》をつかんだ。竹刀を落としたから、反則《はんそく》一回。もう泣いてやめるかと思ったけれど、まだ続ける気はあるらしい。

開始線に戻《もど》ると、宝はちょこっと頭を下げた。なぜ、転んだやつが謝《あやま》る？

「始めっ」

先生が試合再開《しあいさいかい》を告げる。善太は大きく前に踏《ふ》みこんで、

「こてぇーーっ」

とらえた！　と思った剣先《けんせん》が、激《はげ》しく床《ゆか》を打つ。反発が腕《うで》から肩《かた》へかけ抜《ぬ》けた。いらっとしながら、続けて打ちかかる。

「めぇんっ」

とらえる寸前《すんぜん》で竹刀《しない》が止まった。面を守った宝の胴《どう》が空く。善太はすぐさま手首を返し、

「どぉーーやあっ」

ばこん、と鈍《にぶ》くつまった音がした。善太は竹刀を持った右手を高く上げながら、宝の横をどたどた走り抜ける。

どうだい！

振《ふ》り向《む》いて宝に竹刀を向けつつ、善太は審判《しんぱん》を横目で確認《かくにん》した。

一本の宣告《せんこく》は、ない。

「えー、今ので一本にならないの？」

「当たってたよね」

クラスメイトたちから、不思議がる声がちらほら上がる。そのとおり、善太の竹刀は宝の胴に

当たっていた。でも、斬《き》れてはいなかったのだ。

剣道《けんどう》では、竹刀《しない》の真ん中よりも先端寄《せんたんよ》りの『物打《ものう》ち』と呼《よ》ばれる部分で、刃筋《はすじ》正しく打たなければならない。要は竹刀を刀に見立て、刃部《じんぶ》の中でも斬れ味のいい部分で、相手をきっちり『斬る』のだ。つばに近いところで打ってしまう元打《もとう》ちでは、一本にならない。

さっきのは、ちょっと元打ちになっちゃってたかな。音も冴《さ》えなかったし。

よし。次こそかっこよく決めてやる！

善太は大いに意気ごんだ。が、そのあとも面を打っては弾《はじ》かれ、小手《こて》を打ってはかわされた。目の前の小さな的はちょろちょろ動いて、善太の思《おも》い描《えが》く剣先《けんせん》の軌跡《きせき》は、ぷつぷつと切れてしまう。同時に、集中の糸までも。

はたと気づいたときにはもう、宣言《せんげん》した十秒は、とっくのとうに過ぎていた。

なんなんだこいつは。逃《に》げるか守るかばっかりで、全然、自分から攻《せ》めてこない。声だって出していない。打つ部位を叫《さけ》ぶときは、大きく、正しく、はっきりとだ。ほら、おれみたいに！

「こてぇえっ！」

渾身《こんしん》の小手も、あっさり、静かにかわされる。この、ビビりめ。善太は宝をにらみすえ、強く息を吐《は》いた。

たまに、考えることがある。

もし、今が戦乱《せんらん》の世で、この竹刀《しない》が真剣《しんけん》だったなら。

自分はどう戦うだろうか。敵《てき》のどこを狙《ねら》い、斬《き》るだろうか、と。

善太の答えは『頭』だ。敵の脳天《のうてん》へ派手《はで》に一撃《いちげき》をくらわせ、圧勝《あっしょう》するのだ。

打ちたいところだけを、じいいいいっと見つめる。左足をわずかに動かすと、宝が急に善太を見上げた。

心臓《しんぞう》が一度、跳《は》ねる。

ふん、申《もう》し訳《わけ》なさそうな顔したって、手加減《てかげん》しねーぞチビっ！

「めぇえええんっ！」

がむしゃらに飛びこみ、激《はげ》しく振《ふ》り下《お》ろした竹刀が宝の面に届《とど》こうとした、そのとき。

宝が消えた。

善太の上体は前に伸《の》び切《き》り、走らせた剣先《けんせん》が空《くう》を打つ。

え？

「ドー」

左側から聞こえた頼《たよ》りない声。同時に、ぱあん！　と善太の右胴《みぎどう》が鳴る。

くらった。頭が理解《りかい》したときにはもう、宝は善太の横をすり抜《ぬ》けて後方へ走り去っていた。

呆然《ぼうぜん》と振り返った視線《しせん》の先で、白い先革《さきがわ》に覆《おお》われた宝の剣先が、善太ののど元をぴたりと指して静止する。斬《き》ったあとも油断《ゆだん》しないという意志《いし》の表れ、完璧《かんぺき》な『残心《ざんしん》』の姿勢《しせい》。きみを斬ったよ。

そう、宣言《せんげん》するかのように。

「胴《どう》あり、勝負あり」

中学校の先生が手を上げて宝の勝利を告げると、クラスメイトたちから歓声《かんせい》が上がった。善太には向けられたことのない、大きな拍手《はくしゅ》が広がる。

うそ。おれが、負けた？

信じられない。本当に打たれたのだろうか。でも一撃《いちげき》の余韻《よいん》は尾《お》を引くように、善太のわき腹《ばら》に残っている。

宝と向かい合い、再《ふたた》び蹲踞《そんきょ》して竹刀《しない》を納《おさ》める。立ち上がり、礼をして下がりながら、善太は今の試合を頭の中で再生《さいせい》した。

あいつ、ビビって攻《せ》めこめないだけかと思ってたけど、まさか、ずーっと、じーっと、「ドー」って打つチャンスを、ひたすら狙《ねら》ってたわけ？

「はい、二人ともがんばったね。今のは、蓮見くんが阿久津くんの面をかわして、胴を打ったんだ。あれは面抜《めんぬ》き胴《どう》という技《わざ》で」

「もう一回勝負だっ」

中学校の先生が解説《かいせつ》するのを無視《むし》して、善太はどなった。正座《せいざ》をして面を取ろうとしていた宝の背中《せなか》が、大きく波打つ。

「おまえ、自分から攻《せ》めないでおれが隙見《すきみ》せるのをただ待ってただけじゃんか。そういうのを待《ま》ち剣《けん》って言うんだ。もう一回やれば、絶対《ぜったい》、おれが勝つぞ！」

飛びこんで面をかち割《わ》りにいって、逆《ぎゃく》に自らの胴《どう》を抜《ぬ》かれるのは、面を得意技《とくいわざ》にする善太にとって、最大の屈辱《くつじょく》だ。

しかも、相手は宝だ。

チビで気弱でいつもおどおどしてばかりの宝に、みんなの前でやられたのだ。

こんなの、あまりにかっこ悪すぎる。

「立て、今すぐ立って竹刀《しない》を構《かま》えろ。ほらほらほらほら」

宝は頭の後ろの面ひもに手をかけたまま、善太を見上げて固まっている。ずいずいとつめ寄《よ》る善太を、担任《たんにん》があわてて止めた。

「こら阿久津。やめろ。おまえも剣士《けんし》なら潔《いさぎよ》く負けを認《みと》めなきゃだめだろう」

「いやだ、まだ負けてない」

漫画《まんが》でもアニメでも昔話でも、小柄《こがら》な人間が大柄な敵《てき》を倒《たお》すと英雄《えいゆう》になる。それと同じで、自分よりでかいやつを倒すことは、男子にとって、ちょっとした武勇伝《ぶゆうでん》だ。

そのネタにされるなんて、絶対《ぜったい》にごめんだ。

「阿久津ー、もういいって。それが実力なんだからしょーがないじゃん」

「ちがう。さっきのはちょっと油断《ゆだん》したっていうか、本気出してなかったんだ」

笑い交じりになだめようとするクラスメイトに、全力で反発する。

「そもそも、竹刀《しない》と防具《ぼうぐ》がなきゃ、おれのが強いんだっ」

「それはもう剣道《けんどう》じゃないだろ」

クラスメイトのくすくす笑いは、ますます大きくなっていく。

「……おれは、その」

格下《かくした》の宝にまでなめられてしまうのは避《さ》けたい。どうにか、どうにかしなければ。

「おれは、大会で、優勝《ゆうしょう》したことだってあるんだ！」

善太は親指で自分を指し、どうだ！　と胸《むね》を反らした。

「はいはい」

「だからもういいっての」

「うるさい、本当だぞ。トロフィーだって、家にちゃんとあるんだからなっ」

胸を反らしたポーズのまま、ちらり、と目だけを動かして宝の反応《はんのう》をうかがう。

ビビるか？　張《は》り合《あ》うか？　それともほかのやつらみたいに笑うのか？

面の中で、宝は数回まばたきをした。小さくうなずいて、かすかに口を開く。

「すごい」

「えっ」

「強い」

「えっ、おれが？」

宝が不思議そうな顔をする。善太は呼吸《こきゅう》も忘《わす》れ、重ねて聞いた。

「……ほんとに、そう思う？」

半信半疑《はんしんはんぎ》で返事を待つ。宝はおどおどしながらも、もう一度、こっくりとうなずいた。


さて、どうしたものか。

その日の放課後、善太は校門のところで宝を待った。

しばらくすると、せわしない足音とはやしたてるような声が聞こえてきた。なにかと思えば、防具入《ぼうぐい》れと竹刀袋《しないぶくろ》を持った宝が、数名の男子に追いかけ回されている。

「おーい、なに遊んでんだよー」

善太が大股《おおまた》で近づいていくと、下級生の男子たちは一様に顔をしかめた。

「げ、めんどいのが来た」

「もう行こーぜ」

ぱっと下級生が散る。一人残った宝は、下級生たちと善太を何度か見たあと、回れ右をして逃《に》げ出《だ》した。

「あっ待てよっ」

善太は急いで宝を追った。お互《たが》い大荷物だから大変だ。走ってもいまいちスピードが出ない。サッカークラブのやつらが練習している校庭を突《つ》っ切《き》り、うんていとシーソーのわきをかけ抜《ぬ》ける。宝の肩《かた》にもう少しで手が届《とど》きそうになったとき、宝が目の前の登《のぼ》り棒《ぼう》を右手でつかんだ。そのままコンパスのようにくるんと円を描《えが》いて急ターンし、追いかける善太とは逆方向《ぎゃくほうこう》にぱっと飛び出す。

もたつきながら善太も方向転換《ほうこうてんかん》すると、前にサッカーボールが転がってきた。思い切り蹴《け》り返《かえ》そうとして空振《からぶ》り、盛大《せいだい》にしりもちをつく。

い、いってぇー。

「……一人でなにやってんの、おまえ」

ボールを取りに来た男子が、座《すわ》りこむ善太を横目で見やり、冷たく言《い》い捨《す》てて去っていく。反発する気も失《う》せて、腰《こし》をさすりながら顔を上げると、宝が遠くから、ちらちらとこっちを気にしている。

なんだ？

善太が座《すわ》ったままでいると、宝は一歩一歩近づいてくる。さっきあんなに逃《に》げ回《まわ》ったくせに、いったいなにがしたいのだろう。よくわからないけれど、まあいい。

「おーい、いじめようってんじゃねーから、こっち来い。聞きたいことあるんだよ」

宝の足は、善太から二メートルほど離《はな》れた場所でぴたりと止まった。善太が手を伸《の》ばしても届《とど》かない距離《きょり》。こいつは人と話すときでさえ、こうして間合いを取るのか。変なやつ。

「えーと。おまえ、今、どこの道場？」

宝はおろおろと視線《しせん》をあっちこっちにさまよわせる。

「なあ、どこだよ」

重ねて聞くと、宝は首を横に振《ふ》った。

「あ？　それ、入ってないってこと？」

今度はうなずいた。

「ふーん」

そうなのか。ならもう当分、宝と剣道《けんどう》をする機会はない。大会優勝《ゆうしょう》のうそも、まあバレないで済《す》むだろう。善太は肩《かた》の力を抜《ぬ》いた。

「だったらいいや」

宝がわずかに首をかしげる。

「いや、えーと、今日みたいな授業《じゅぎょう》なんかじゃなくて、大会で、おれの本当の実力を見せつけてやろうと思ったんだよ。ほら、おれって優勝者《ゆうしょうしゃ》だからさ」

太くて短いソーセージのような人差し指を、びしりと宝に突《つ》きつける。宝はその指を避《よ》けるように身をよじった。

「とにかく、一回おれに勝ったぐらいでいい気になるなよな」

宝はうつむいて、ごにょごにょとなにか言った。

「なに？　おまえ、ちゃんとしゃべれよ。こっちは聞いてんだからっ」

善太が平手で地面を叩《たた》くと、宝はびくっと肩《かた》を揺《ゆ》らした。

「すごい」

「は？」

「優勝、すごい。強い」

「……おお」

こいつ、「すごい」と「強い」しか言えないわけじゃないよな？　善太はたじろいだ。どうしよう。ここまで素直《すなお》にほめられてしまうと、さすがに、ちょっと怖《こわ》い。

「そ、すごいし強いんだ。おまえに面で勝てなくて残念だけど、道場入ってないんじゃどうしようもねーしな。うん。いたしかたない」

立ち上がり、ズボンについた土を大げさに払《はら》う。

「あー残念、残念」

歌うように繰《く》り返《かえ》して、自分の荷物を抱《かか》え直《なお》すと、善太はそそくさと家に帰った。


剣道《けんどう》は、自分に合っていると思う。

そうでなければ、一つのことをずっと続けるなんて、飽《あ》きっぽい自分にできるはずがない。

善太が六歳《さい》のときから所属《しょぞく》しているくすのき剣道《けんどう》クラブは、自前の道場を持たず、小学校の体育館や地域《ちいき》の公民館を借りて活動している。

一般《いっぱん》の部と小学生の部があり、発足《ほっそく》当時はものめずらしさも手伝ってか、それなりに生徒は集まっていたと聞くけれど、現在《げんざい》の小学生は善太を含《ふく》めて十人ほど。全員同じ小学校で、低学年の子がメンバーの半数を占《し》めており、六年生は善太一人だけ。年齢《ねんれい》が上がるにつれ、ほかのスポーツに転向したり、塾《じゅく》に通うためにやめてしまったりする子が多い。

WBC《ダブリュービーシー》やW杯《ワールドカップ》に影響《えいきょう》された善太も、剣道とかけもちで野球にもサッカーにも手を出した。が、どちらも一か月と続かなかった。練習時間も試合時間も長く感じてしまって、どうしても途《と》中《ちゅう》でかったるくなったのだ。

その点、剣道《けんどう》の試合時間は三本勝負で三分。小学生の大会だと二分のこともあり、試合展開《しあいてんかい》によっては十秒程度《ていど》で決着がついてしまうのもいい。稽古《けいこ》時間はくすのきの場合、月・水曜の夜と土曜日の昼間に、九十分ずつだ。

本当に、剣道は自分に合っていると思う。でも実は最近、ちょっと、飽《あ》きてきている。

模範試合《もはんじあい》から数日たった稽古日の夜、小学校の体育館に向かってたらたら歩きながら、善太はため息をついた。

あーあ。テレビ、いいところだったんだけどなあ。

稽古はきらいではない。それでも、始めるまではいつもおっくうだ。大会が近いときは気分もちがうけれど、小学生が参加できる大会は、そんなに多くない。

善太は稽古開始時間ぎりぎりに到着《とうちゃく》した。

「こんばんはぁー、失礼しまぁーっす」

フロアに入る前に、大きな声であいさつし、おじぎをする。

のっそりと顔を上げた善太の目に、白が最初に飛びこんできた。

「え」

光を反射《はんしゃ》する真っ白な袴《はかま》。小さな背中《せなか》にぴたりと沿《そ》った、同じく白の剣道着。隙《すき》のない装《よそお》いの中で、髪《かみ》の毛《け》だけがぽわぽわとゆるくふくらんでいる。

「ええ」

いる。

宝がいる。

「あ、善太、遅《おそ》いよーっ」

一つ年下の幼《おさな》なじみの水原《みずはら》あげはが、入り口で立《た》ち尽《つ》くしている善太に手招《てまね》きする。

「今日から新しい仲間が増《ふ》えるんだよ。蓮見宝くん。善太と同じクラスだよね？」

あげはがうれしそうに笑う。宝は自分よりも背《せ》の高いあげはのかげに半分かくれて、善太をうかがうように見た。

新しい……仲間？

「えええー！」

善太の叫《さけ》びが夜の体育館にこだました。

二

たまに、考えることがある。

もし、今が戦乱《せんらん》の世で、この竹刀《しない》が真剣《しんけん》だったなら。

自分はどう戦うだろうか。敵《てき》のどこを狙《ねら》い、斬《き》るだろうか、と。

宝の答えは『親指』だ。刀を握《にぎ》っている敵の両手の親指だけを狙い、落とす。高い技術《ぎじゅつ》を神速《しんそく》で操《あやつ》り、傷《きず》を与《あた》えるのは最小限《さいしょうげん》で、あとは敵が退《しりぞ》くのを待つのだ。むだなく無理なく、相手をなるべく痛《いた》がらせず、自分は安全なまま、勝てたらいい。そして願わくは、その相手とは二度と遭遇《そうぐう》したくない。理由はもちろん、怖《こわ》いから。

そんなビビりの宝は、時代劇《じだいげき》で斬られた悪役のような善太の悲鳴に、つい身をすくめた。

えっ。な、なにごと？

大きな声や音は苦手だ。打ち上げ花火も好きではないし、運動会で使うスターターピストルにもいちいちびっくりする。カラスの野太い鳴き声にも飛び上がって、こんな怖がりではこの先いじめられるばかりなのではないかと本気で案じた父親に、強制的《きょうせいてき》に剣道教室《けんどうきょうしつ》へ入れられたのが、二年前のことだ。

今回も、『新しい学校にも慣《な》れてきただろうし、そろそろ剣道を再開《さいかい》したらどうだ』と父親が言い出し、宝のくすのきへの入会が決まった。

「おまえ、まさか、またおれと勝負したくて、ここに来たのか……？」

息も絶《た》え絶《だ》え、といった様子で善太が言う。それを見たほかのメンバーが、なんだなんだなんだと集まってくる。勝負なんてとんでもない。宝は首を横に振《ふ》った。

「あっそう？　なーんだ。ははっ。……ってじゃあなんでうちに来た？」

数歩のうちに表情《ひょうじょう》をころころ変えながら、善太が近づいてくる。おののく宝の横で、

「また勝負って、どういうこと？」

一学年下の水原あげはが首をかしげた。その拍子《ひょうし》にショートの髪《かみ》がさらりと揺《ゆ》れる。左耳の上あたりには、蝶々《ちょうちょう》のついたヘアピンが二本留《と》まっていた。

「こないだの出前授業《でまえじゅぎょう》が剣道《けんどう》で、おれとそいつ、結構《けっこう》いい勝負したんだよ」

「へー。善太と宝くん、どっちが勝ったの？」

「ある意味では、おれだ、と言えなくもない」

「ある意味じゃなくて、実際《じっさい》に勝ったのはどっち？　それとも引き分け？」

善太はむすっと黙《だま》った。発せられる圧力《あつりょく》に、宝も口を閉《と》ざす。よけいなことは言わないほうがよさそうだ。

気配を消して、少しずつ善太たちから距離《きょり》をとっていると、清々《すがすが》しい声が体育館に響《ひび》いた。

「さあ、そろそろ始めますよ。整列してください」

全員そろってあいさつをしたあと、指導役《しどうやく》の長谷川絹《はせがわきぬ》先生が宝をみんなに紹介《しょうかい》してくれた。準《じゅん》備運動《びうんどう》が済《す》むと、軽いゲームが始まる。

手押《てお》し相撲《ずもう》をしたり、新聞紙を竹刀《しない》で切ったり、ゲーム内容《ないよう》はその日によってさまざまらしい。今日はボール投げで、みんな盛《も》り上《あ》がっている。

宝が前に通っていた道場では、稽古中《けいこちゅう》の私語《しご》はもちろん、笑顔《えがお》で歯を見せるなんてあり得なかった。こんなゲームもしたことがない。

笑ってもいいいんだなあ。

ボールは追わず、ほかの子のじゃまにならないように移動《いどう》しながら、みんなを見る。すると目が合った絹先生にほほ笑みかけられ、宝はぎくしゃくした。

絹先生の年はたぶん、宝の祖父母《そふぼ》より少し下くらい。おだやかな笑顔に、善太よりも大きな体つき。宝の頭の中にお地蔵様《じぞうさま》が浮《う》かんで、絹先生の姿《すがた》と重なる。

体が温まると、剣道《けんどう》の動きに必要な足さばきの練習や、素振《すぶ》りをみっちり行う。それが終わると正座《せいざ》して黙想《もくそう》。礼をしてから、ここで面をつける。

手ぬぐいを頭にきちんとかぶって巻《ま》き、甲手《こて》の上に伏《ふ》せて置いてある面を手に取った。かぶって、頭の後ろで面ひもを固く結んでいると、誰《だれ》かに腕《うで》をつんつんとつつかれた。

「ねえねえ、手伝って」

隣《となり》に座《すわ》っていた二年生くらいの男の子が、手ぬぐいと面を両手に、宝を見上げている。

「は、はい」

「面ってつけづらいよね。おれ、きらーい。音も聞こえにくくなるし、周りもせまく見えるし」

だからこそ、宝は面が好きだ。ぶうぶう言うその子に手ぬぐいを巻《ま》いてやりながら、あいまいに首をかしげる。世界が自分から少し遠くなると、その距離《きょり》のぶんだけ、安心する。そんな自分は変だろうか。

「宝は面、好きなの？　変なやつー」

すみません。

「はい、では切《き》り返《かえ》しを始めましょう」

切り返しは、一人が相手の正面と左右の面を続けて打ち、もう一人がそれを受ける。正しい腕《うで》の振《ふ》りや足の運び、呼吸《こきゅう》を身につけるための、大事な基本稽古《きほんげいこ》だ。

誰《だれ》とペアになればいいのかときょろきょろしていた宝の前に、熊《くま》のような大きな身体《からだ》が立ちふさがった。

「まずはおれから行くぞ」

善太が宝を見下ろし、低い声で宣言《せんげん》する。

ひえーっ。

宝が心の中で悲鳴を上げると、善太は雄叫《おたけ》びを上げた。殺気のこもる竹刀《しない》で、宝の間合いを突《つ》き破《やぶ》るように迫《せま》ってくる。

ひえぇーっ。

「めぇぇーん！」

剣先《けんせん》の残像《ざんぞう》が一本の白い線になる。次の瞬間《しゅんかん》、竹刀《しない》が頭上に落ちてきた。ふっと感じたこげくさいにおい。目の前ががくんと揺《ゆ》れ、光がちかちか弾《はじ》け飛《と》ぶ。続けて体当たりをくらい、宝はたたらを踏《ふ》んでひっくり返った。

ううう。首、縮《ちぢ》んだ、かも。

床《ゆか》にお尻《しり》をついたまま、うめき声をがまんして飲みこむ。これだから模範試合《もはんじあい》のとき、善太の間合いに踏みこむ思い切りが、なかなかつかなかったのだ。

優勝《ゆうしょう》したことがある人は、やっぱり、すごい。

「おい、ぼーっとしてないでさっさと立てよっ」

善太にどやされあわてて立ち上がったとき、体育館の扉《とびら》の向こうでかすかな物音がした。

お父さんだ。

扉《とびら》が開いて入ってきたのは、予想どおり宝の父親だった。仕事帰りに直接《ちょくせつ》ここに来たらしく、スーツ姿《すがた》だ。絹先生やほかの保護者《ほごしゃ》に頭を下げて感じよくあいさつしたあと、壁際《かべぎわ》に座《すわ》り、宝にひときわ熱い視線《しせん》を向けてくる。

竹刀が一瞬《いっしゅん》で石に変わったかのように、ずしんと重たくなった。

「宝、さっきの稽古《けいこ》はなんだ。全然、気合が感じられないじゃないか」

稽古を終えて解散後《かいさんご》、車に乗った父親の第一声に、宝はシートベルトに伸《の》ばした手をつい引っこめた。

「とにかく全力で、元気よく、ぶつかっていかなきゃだめだろう。稽古は力を出《だ》し尽《つ》くしてなんぼだって、お父さんが読んだ剣道《けんどう》の本に書いてあったぞ。こら宝、ぼーっとしてないで、言われなくてもシートベルトしなさい」

宝があわててシートベルトを締《し》めると、父親は車を発進させながら話を続けた。

「剣道だってなんだって引っこんじゃだめなんだ。どんどん前に出なきゃ。その点、阿久津くん、だったか。あの大きい子の剣道はいいな」

そうだよね。宝はうなずいて、持っていた竹刀袋《しないぶくろ》に視線《しせん》を落とした。

善太の竹刀は宝の竹刀より長く、そのぶん重さもある。それを善太は軽々と振《ふ》り回《まわ》し、力いっぱい相手を打つ。受けるとなると怖《こわ》いけれど、見ているのは気持ちいい。自分にない荒々《あらあら》しさに、ちょっとだけスカッとしたりする。

「粗削《あらけず》りだけど、太刀筋《たちすじ》がいい。光るものがあるよ。見ていて剣道への情熱《じょうねつ》も感じるし」

気合、元気、情熱。父親が好んでよく口にする言葉たち。

父親の言う「光るもの」がこれらの要素《ようそ》からできているのだったら、自分は一生光れずに終わるんだろうな、と思う。それをくやしいと感じない時点で、いろいろなものに負けている。その自覚は、ある。

父親がアクセルを踏《ふ》みこむと、車は静かに加速した。帰宅《きたく》ラッシュが過《す》ぎ、ほとんどほかの車の走っていない道路をすいすい進む。

「でも宝だって負けてないぞ。身体《からだ》の動きは宝のほうが軽くて素早《すばや》いしな。それに学校の授業《じゅぎょう》で阿久津くんと試合したら宝が勝ったんだろう？　だから宝もやればできるんだよ絶対《ぜったい》に。うん、絶対だ」

父親は早口になった。気まずいときや、なにかを取《と》り繕《つくろ》おうとするときの、父親のくせだ。

「お父さんはな、大きな道場の十番手より、小さいクラブの一番になって、宝に一度、トップに立つ気持ちよさを知ってほしいんだ。そうしたらきっと自信がついて、いろいろなことに前向きに挑戦《ちょうせん》できるようになると思うんだよ。だからお父さんはくすのきを選んだんだ。……まあ、本当に小さいし、雰囲気《ふんいき》もちょっとゆるいんだけども、先生の評判《ひょうばん》はよかったし、卒業まで時間もないことだし」

父親は一度せき払《ばら》いすると、熱をこめて言った。

「これからもお父さんといっしょにがんばろう。強くなろう。なっ、宝」

でも。宝は心の中でつぶやく。

がんばるのは、いつも、お父さんばっかりだね。

対向車のヘッドライトが、前だけをまっすぐ見つめる父親の横顔を浮《う》かび上《あ》がらせる。宝は、うん、とだけ言って、目をそらした。

ようやく家に着くと、宝の母親が玄関先《げんかんさき》で二人を出迎《でむか》えた。

「おかえり。初日のお稽古《けいこ》はどうだった？　いっぱいメン打ってきた？」

母親は両手を伸《の》ばして宝から竹刀袋《しないぶくろ》と防具《ぼうぐ》入れを受け取り、

「メンを打つって、お母さんどうしても、ラーメン屋さん想像《そうぞう》しちゃうわ」

と、のんびり笑った。母親は父親とちがって剣道《けんどう》にうとい。宝の稽古や試合を何度も見ているのに、ルールや技《わざ》もいまいち覚えない。

反応《はんのう》に困《こま》っていると、父親がすっと息を吸《す》うのが聞こえ、はっとした。「宝」と名前を呼《よ》ばれるのと同時に、母親から自分の荷物を取り返し、小走りでベランダに持っていく。使った防具はしばらく外の風に当てて、汗《あせ》を乾《かわ》かしてあげるのだ。

両手にはめる甲手《こて》、お腹《なか》を守る胴《どう》、腰《こし》から下を保護《ほご》する垂《たれ》、そして、面。剣道着《けんどうぎ》と袴《はかま》を含《ふく》め、すべてを自分一人できちんと身につけられるようになるまで、宝は一年かかった。

アコーディオンタイプの物干《ものほ》しを広げ、その上に一つ一つ並《なら》べながら、ため息をつく。

善太は稽古中《けいこちゅう》、ずっと宝をにらんでいた。打ちこみも体当たりもやたら激《はげ》しくて、縄張《なわば》りを荒《あ》らしにきた外敵《がいてき》を威嚇《いかく》しているみたいだった。

模範試合《もはんじあい》のせい、なのだろうか。あのとき勝てたのには、実力とは別の理由があるのに。

落ちこみそうになって、でも一年間だけだから、と思い直す。

宝は私立《しりつ》の中学を受験予定だ。遠方の学校で自宅《じたく》からは通えないため、もし受かれば祖父《そふ》の家に住み、そこから通学することになる。くすのきでの稽古は続けられない。

とにかく阿久津くんには近づかないでおこう。そう決めて最後に竹刀《しない》を壁《かべ》に立てかけた。夜風をあびて、道具たちは気持ちよさそうだ。少し満足して、ベランダの手すりに寄《よ》りかかり、空を見上げる。

都会の夜は、地上のほうがぴかぴかと明るかった。

田舎《いなか》の夜は、空のほうにたくさん、きらきらと光が見える。

その日は朝から雨だった。

帰りの会が終わってみんなが下校するころには、厚《あつ》い雲の中で光が明滅《めいめつ》し、ゴロゴロと鈍《にぶ》い音が鳴っていた。まだ校舎内《こうしゃない》に残っている児童はそのまま待機するよう放送が入ったけれど、どれくらい待てばいいんだろう。

いやだな、雷《かみなり》。

図書室で『世界《せかい》のUMA《ユーマ》全集《ぜんしゅう》』を借りて読んでいた宝は、ズボンのポケットを探《さぐ》った。今日は母親が用事で家を留守《るす》にするから、カギを持ってきたのだ。

指先が金属《きんぞく》に触《ふ》れたとき、図書室の扉《とびら》が開いた。クラスメイトの男子数人が、ふざけ合いながら入ってくる。宝はとっさに本棚《ほんだな》のかげに身をかくし、足音を忍《しの》ばせて図書室を出た。

今から教室に戻《もど》るのもいやだし、もう帰ってしまおう。

その選択《せんたく》を後悔《こうかい》したのは、校門を出てしばらくしてからだった。

雷の音がどんどん大きくなってきている。早く家の中に入らなければ。手にカギを握《にぎ》りしめ、家と学校の中間地点まで来たとき、強烈《きょうれつ》なフラッシュをたいたように、目の前が白くなった。

わあっ。

雷鳴《らいめい》が耳をつんざく。宝はその場ですくみあがった。今までに聞いたことのない音だ。肌《はだ》の表面が、静電気を帯びたようにぴりぴりしている。

か、雷って、こんなにすごかったっけ？

上に気を取られながら歩いていると、アスファルトのわずかな凹凸《おうとつ》につまずいて、宝は転んだ。その拍子《ひょうし》にカギが手から飛び、よりにもよって側溝《そっこう》のふたの隙間《すきま》へ落ちた。

わあぁ、どうしよう！

あせってふたに手をかけたけれど、どうやっても持ち上がらない。必死で奮闘《ふんとう》を続ける間にも、雷《かみなり》はこの世の終わりのようなすさまじさで鳴り続ける。

なにこれなにこれ、サンダーバード襲来《しゅうらい》？　さっき借りた本にのってたっけ。サンダーバードなら見たい。いや無理だ怖《こわ》い。これは避難《ひなん》するべき？　だけどこのへんは畑と木ばっかりだ。

完全にパニックになったとき、背後《はいご》から声がした。

「おまえ、なに一人で遊んでんの？」

振《ふ》り向《む》くと、善太が不思議そうにこちらを見下ろしている。ぎょっとして宝は身構《みがま》えた。

「雷鳴ってんのに外出るなよ。校内放送、聞こえなかったのか」

「あ、阿久津くんは」

「おれ？　おれは腹減《はらへ》ったから帰る」

善太は雷に慣《な》れているのか、おびえる様子もなくけろりと答える。

「おまえも早く家に帰れよ。雷、これからもっとひどくなんぞ」

宝はのろのろと立ち上がって、力なく首を振った。

「……家のカギ、が」

「なくしたのか、まぬけだなー。うちの人は？」

もう一度首を横に振ると、善太は片眉《かたまゆ》を上げた。

「おれんち、走ればもうちょっとだから来い」

「え、でも」

仲がいいわけでもないのに、家に行くなんて。稽古中《けいこちゅう》の善太を思い出して後ずさると、腕《うで》をつかまれた。

「でもじゃねえよ、さっさと行くぞ」

引《ひ》っ張《ぱ》られるまま、宝は善太の家まで走った。広い庭を突《つ》っ切《き》って玄関《げんかん》の屋根の下にかけこむ。善太は傘《かさ》をぶんぶん振《ふ》って水気を切りながら、ぶっきらぼうに言った。

「おい、おまえ、おれんち入ったら声張《は》れよ」

「え？」

盛大《せいだい》に飛んでくる水滴《すいてき》から顔をそむけて聞き返す。

「うち、雷《かみなり》なんて目じゃないくらいうるせーのいるから。それも三人」

善太がため息をついて引き戸を開けたとたん、にぎやかな笑い声が玄関に反響《はんきょう》した。

「うわあ、よりによってそろってやがる。母ちゃーん、タオルー」

「おじゃま、します」

上がって脱《ぬ》いだくつをそろえていると、廊下《ろうか》の奥《おく》からエプロン姿《すがた》の善太の母親が顔を出した。ふわっと、お味噌汁《みそしる》のいいにおいが漂《ただよ》ってくる。

「あらやだ、この雷様《らいさま》の中帰ってきたの？　二人ともこっち来なさい」

善太の母親が手招《てまね》きする。廊下《ろうか》を進んだ先は台所になっていて、その奥《おく》が洗面所《せんめんじょ》だった。手を洗《あら》い、渡《わた》されたタオルはふかふかで、宝はつい顔を半分うずめて、ほっと息を吐《は》いた。

「母ちゃん、こいつ、同じクラスの蓮見宝。カギなくして家に入れないって言うから連れてきた。うちの人も留守《るす》だって。ところで今日の晩《ばん》メシなに？」

「里芋《さといも》のコロッケと豚汁《とんじる》よ。宝くんも食べていきなさいね。あっ、その前におうちの人に連絡《れんらく》入れておかないと。善太、宝くんに電話貸《か》してあげて。あとT《ティー》シャツも。あんたのじゃ大きいから、お姉ちゃんのやつよ。着替《きか》えたら居間《いま》で待ってなさい」

「へーい。おい、こっち来い」

夕飯までごちそうになっていいのかなと思いつつ、Tシャツを借りて着替え、電話も借りて母親の携帯電話《けいたいでんわ》にメッセージを残した。それから善太に続いて居間らしき和室に入ると、そこにいた三人の女の人がそろって宝を見た。

「うっそ！　善太が友だち連れてきた」

寝《ね》そべって新聞を読んでいたショートヘアの女の人が、すっとんきょうな声を上げ、がばりと上半身を起こした。

「名前はなんていうの？　わたしは姉弟《きょうだい》のいちばん上で、佐和《さわ》。そこの二人が美紅《みく》と理央《りお》ね。きみ、善太とは同じクラス？　それとも剣道《けんどう》クラブ？　あ、去年転校してきたって子かな？」

矢継《やつ》ぎ早《ばや》の質問《しつもん》にあわあわしていると、美紅と呼《よ》ばれた茶髪《ちゃぱつ》の女の人が、ショッキングピンクのペディキュアを塗《ぬ》りながらけらけら笑った。

「ちっちゃーい。お友だち、善太の半分しか体積なくない？　ウケるー」

その隣《となり》でもう一人の善太の姉、理央が、

「遠近感が狂《くる》うね」

ちらりと携帯《けいたい》ゲーム機《き》から視線《しせん》を上げて言った。そのメガネのレンズに光がちらちら反射《はんしゃ》している。画面を見ていないのに、指の動きは止まらない。

善太がさっき言っていたうるせー三人とは、この姉たちのことだろうか。佐和は善太よりだいぶ年上で、大人に見える。美紅はたぶん、高校生くらい。理央は中学名の入ったジャージを着ているので、中学生だとわかった。

「ねえ善太、お友だちが来たんだから麦茶くらい出しなさいよ。ついでにわたしたちのぶんも持ってきて。十秒で」

「やだ。佐和姉《ねえ》が自分で行けよ」

「わたしお腹空《なかす》いたから、ついでになんかお菓子《かし》も取ってきてー」

「やだっての」

「さっさとして」

「……おれにも弟がいれば、パシリにできるのに……」

姉たち三人に凄《すご》まれ、善太はしぶしぶといった様子で居間《いま》を出ていく。外ではえらそうにしている善太だけれど、家ではどうやら姉の小間使いにされているらしい。

それからしばらくすると、善太の母親が大きなお盆《ぼん》を持って居間に入ってきた。

「はい、お待ちどおさまー。ちょっと早いけどみんな夕飯食べちゃって」

「はあい」

姉弟《きょうだい》は返事をして、木でできた温かな風合いのテーブルの上に、てきぱきと料理を並《なら》べる。最後に善太がなべしきを置き、その上に炊飯器《すいはんき》の内釜《うちがま》をどんと置いた。宝がおどろくと、いちいち台所までおかわりをよそいにいくのがめんどうなのだと善太は言った。

阿久津家の食卓《しょくたく》は、とにかくにぎやかだった。テレビもついているし、つねに誰《だれ》かが大きな声でしゃべっている。なのにみんな食べるのが速く、宝があせって料理を口に押《お》しこんでいると、善太の母親が笑いながら止めた。

「宝くん、急がなくていいからね。うちの子はみーんな早食いなのよ。ゆっくり食べる宝くんを見習ってほしいくらいだわ」

「ゆっくりなのは、宝くんがうちの料理食べづらいからじゃないの？　豪快《ごうかい》すぎて」

宝は思わずむせそうになった。善太の母親の料理はどれも味はおいしいのだけれど、どれもおどろくくらい大きくて、佐和の言うとおり、豪快《ごうかい》だ。

「この豚汁《とんじる》の具とか、やばいでかさだもんねー。じゃがいもなんか半分に切っただけじゃん。コロッケも、一個《こ》が手のひらサイズだしー」

「お母さん大ざっぱだから」

「なーに言ってんのよ。お母さんはね、必要だからそうしてるのっ」

善太の母親は余裕《よゆう》の笑《え》みを浮《う》かべた。

「いい？　食べ方っていうのはね、元気のバロメーターなのよ。大きな食べ物を、おっきな口開けて食べられるうちは大丈夫《だいじょうぶ》なの。それがうまくできないときは、身体《からだ》か心のどっちかが疲《つか》れてる。だからお母さんは、あんたたちの食べる様子を見て、元気かどうかを毎日確《たし》かめてるってわけよ。料理が豪快なのは、そのせい」

「とか言って、母ちゃん、細かい作業がめんどいんだろ」

「おだまり」

姉弟《きょうだい》がいっせいに笑った。そのあとも、ただ聞いている宝まで笑ってしまいそうな会話がぽんぽんと飛《と》び交《か》い、しんとする時間が一瞬《いっしゅん》もない。「声を張《は》れ」と善太が言うのもわかる気がした。そうでなければ、この家では自分の声が届《とど》かないのだ。もちろん宝の家とはちがって、単純《たんじゅん》に、音量の問題として。

「なあ、おまえってさ、昔っから剣道《けんどう》やってんの？」

向かいに座《すわ》っている善太が宝のひざを軽く蹴《け》った。

昔。道場に入ったのは小四のときだけれど、それを昔と言っていいのだろうか。

「おい。無視《むし》すんな。いつからだよ」

「に、二年ちょっと前」

「げ、結構《けっこう》最近じゃんかよ。じゃあ、大会で優勝《ゆうしょう》したことは？」

それは、一度もない。惜《お》しかったことすらない。首を横に振《ふ》った。

「ふうん。だから、おれのこと、すごいって思ってんだ？」

それもある。でも、優勝経験《けいけん》だけがすごいのではなくて……。考えていると、善太がげんこつでテーブルをどんと叩《たた》いた。びっくりして、麦茶の入ったグラスを倒《たお》しそうになる。

「だから無視すんなってば。返事しろっ。そんでちゃんと声張《は》れっ。さっきも言っただろ」

「め、面、面打ちとか」

「おれの面打ち？　それがなんだよ？」

無言で差し出された姉の茶碗《ちゃわん》にごはんをよそって返しながら、善太は眉《まゆ》を寄《よ》せる。

「すごい。今日の、みたいだった」

「はあ?」

「稲妻《いなずま》」

善太の面をくらったときの、あの、目の前が白くなるような衝撃《しょうげき》。稲妻が走って、一瞬《いっしゅん》、こげくさいにおいを確《たし》かにかいだ。くらくらして、びっくりして、痛《いた》かった。今までたくさんの人から数え切れないくらい打たれてきたけれど、その中でも、ダントツに速くて、強かった。

「稲妻だって、思った」

善太が呼吸《こきゅう》を止め、おどろいた顔で宝を見た。言葉を探《さが》すように宙《ちゅう》を見ると、いきなりマヨネーズとしょうゆを手にして、宝のコロッケに勢《いきお》いよくかける。

「ちょっと善太、なに宝くんに意地悪してんのっ」

「ちっげーよ。里芋《さといも》コロッケはしょうゆマヨで食うのがうまいんだよ」

母親に頭を引っぱたかれ、善太が反論《はんろん》する。そうなんだ、と宝は素直《すなお》にコロッケをかじった。ざくっと衣《ころも》が音をたて、熱い油が口の中に染《し》み出《だ》す。ひき肉の混《ま》ざった里芋のねっちりとした甘《あま》さに、しょうゆマヨがばっちり合う。

「おいしい」

本当に、すごくおいしい。いくらでも食べられそうな気がする。

「だろ?」

善太は得意げに言い、大口を開けて自分のコロッケにかぶりつく。二人はほおをぱんぱんにふくらませて顔を見合わせ、初めて、ぎこちなく笑い合った。

夕食が済《す》むと、善太の母親と姉たちは、それぞれあとかたづけやらお風呂《ふろ》やらでいなくなり、居間《いま》にいるのは善太と宝の二人だけになった。

善太はごろりと寝転《ねころ》がってプロ野球中継《やきゅうちゅうけい》を見始め、宝はその横に座《すわ》ってそわそわしていた。

ありがとうと言いたかった。

チャンスを待ちながら、部屋の中を改めて見回す。壁《かべ》には大きく引《ひ》き伸《の》ばされた家族写真が飾《かざ》られていた。父親と母親と四姉弟《きょうだい》で、六人家族らしい。善太は姉たちとあまり似《に》ていないけれど、父親とはおもしろいくらいそっくりだ。太い眉毛《まゆげ》も、くりくりとした丸い目も、上を向いた鼻なんかも。

壁沿《かべぞ》いに置かれたサイドボードには、色あせたアニメキャラクターのシールがべたべたと貼《は》られたままになっていた。上には楯《たて》やトロフィーがいくつか並《なら》んでいる。興味《きょうみ》をひかれ、立ち上がって近くで見ようとすると、

「おーっとお！」

善太が弾《はじ》かれたように反応《はんのう》し、トロフィーを一つ、腕《うで》に抱《かか》えこんだ。

「これには触《さわ》らせてやらねーよ。大事なものだからな」

「あの、それは」

「前に言ったろ。これが剣道《けんどう》の大会でもらった優勝《ゆうしょう》トロフィーだよ。いいだろう」

「え」

善太が腕《うで》でかくすように抱《だ》いているトロフィーのてっぺんには、中腰《ちゅうごし》の姿勢《しせい》で両手を大きく広げた、金色の人形が立っている。

その人形はどう見ても剣士《けんし》ではない。

力士《りきし》だ。

「おまえもほしかったら、がんばって稽古《けいこ》してゲットしろよ。おれみたいにな」

得意げに見下ろされ、宝は困惑《こんわく》した。もう一度サイドボードの上に視線《しせん》を走らせたけれど、ほかに剣道のトロフィーらしきものは見当たらない。トロフィーを授与《じゅよ》されない大会だったなら、そう言えばいいのに、なぜ。

もしかして、剣道の大会で優勝したっていうのは……。

理由に思い当たって、宝は口をつぐみ、そっと善太から離《はな》れた。

なんで、そんなうそを。

ほかのクラスメイトたちは確《たし》かに笑ってたけど。……だけど。

ぼくは、信じたのに。

三

よしよし、うまくいった。バレなかったぞ。

宝が帰ったあとで、善太は一人うなずいて、昨年出場した相撲大会《すもうたいかい》のトロフィーを元の場所に戻《もど》した。これを見た宝はすっかり黙《だま》ってしまい、あれはもう完全に「恐《おそ》れ入《い》りました」の顔だった。

うん、まちがいない。

口笛を吹《ふ》きながら台所に行き、機嫌《きげん》よく冷蔵庫《れいぞうこ》をあさる。でも食後のデザートになりそうなものはなにもない。善太は戸棚《とだな》を開けてはちみつの入ったボトルをつかむと、いちばん大きい計量スプーンの上にたっぷり出した。

大口を開け、計量スプーンをぱくりとくわえる。舌《した》にまとわりつくしびれるような甘《あま》さに、善太は目を細めた。ピーナツバターや練乳《れんにゅう》、あんこなども、こうしてスプーンでそのまま食べるのが好きだ。母親に見つかると、雷《かみなり》を落とされてしまうけれど。

雷。宝の一言を思い出して、善太はにやにやした。

稲妻《いなずま》、かぁ。

酔《よ》っぱらいのように身体《からだ》を揺《ゆ》らしていると、壁《かべ》にピンで留《と》めていたカレンダーがいきなり落ちた。拾い上げてピンを留め直すと、赤い油性《ゆせい》ペンででかでかと描《か》かれた星マークが、目に飛びこんでくる。

日付は二週間後の土曜日。五月末。

剣道《けんどう》の市大会が開催《かいさい》される日だ。

善太は笑いを引っこめ、カレンダーの前で腕組《うでぐ》みした。

今日、宝にうそはバレなかった。

だからこそ、この大会で結果を出さなければまずいのではないか。

少なくとも、宝よりは勝ち上がらなければやばいのではないか。

計量スプーンを口から出して、流しへ放り投げた。台所を出て、廊下《ろうか》に置きっぱなしにしていた竹刀《しない》をつかみ、どたどたと玄関《げんかん》へ走る。

ほめられて喜んでいる場合ではなかった。

コソ練開始。素振《すぶ》り、素振り、素振りー！

「ちょっと、善太どこ行くの？　今から閉会式《へいかいしき》だよ？」

「うるせえなあ、そんなのどうでもいいんだよ」

あげはの手を払《はら》いのけ、善太は堂々と閉会式《へいかいしき》をサボり、大会会場になっている体育館の外に出た。朝から降《ふ》っていた雨はすっかり上がって、ぬれたアスファルトが陽《ひ》を反射《はんしゃ》し、善太の目を刺《さ》す。顔をしかめて歩き、建物の裏手《うらて》に植えられている大きなけやきの、滴《したた》るような緑の下で立ち止まった。

あーあ、負けた負けた。

大きく息を吐《は》いて腰《こし》を落とし、太い幹《みき》に向かって、どおん、と体当たりする。二度、三度と繰《く》り返《かえ》していると、近くを通りかかった保護者《ほごしゃ》たちが、一人遊びをする熊《くま》を見たような顔をした。それでも気にせず続けようとしたとき、

「けがをしますよ」

落ち着いた声がして、後ろから左肩《ひだりかた》をつかまれる。絹先生だった。いつからそこにいたのか。力任《ちからまか》せに振《ふ》り払《はら》おうとしたけれど、絹先生の手はびくともしない。

善太の荒《あら》い呼吸《こきゅう》が整うまで待ってから、絹先生は尋《たず》ねた。

「どうしましたか」

「別に。人生に疲《つか》れただけ」

「人生ですか」

「剣道《けんどう》もだけど。ぜんっぜん思うようにならねー。あーやだやだ。もうやめたい」

「そうですか」

絹先生はまったく動じずにうなずき、手を放した。善太は目の前のけやきに腕《うで》を回し、ぐたりともたれる。寄《よ》せた顔が、ざらついた木肌《きはだ》にこすれた。

「絹先生、おれってだめなやつ？」

絹先生は即答《そくとう》した。

「いいえ」

「宝よりおれ、弱い？」

「剣道に関してなら、いいえ。実力差はほとんどありません」

「おれのほうが上、でもない？」

「どうしてそんなことを聞くんです？」

逆《ぎゃく》に聞き返され、返事につまる。

「さっきの試合を気にしているのですか？」

「まあね。さすがのおれも、たまには悩《なや》むよ。でも、試合だけじゃなくってさ」

善太は出前授業《でまえじゅぎょう》での出来事を話した。クラスのみんなの前で勝利宣言《せんげん》をして宝との模範試合《もはんじあい》に挑《いど》んだのに、一瞬《いっしゅん》、本当に一瞬の油断《ゆだん》を突《つ》かれて胴《どう》を抜《ぬ》かれ、たいへん惜《お》しくも負けてしまったのだと、優勝《ゆうしょう》のうその件《けん》はしっかり省いて説明した。

「初めて戦う相手だったし、一本勝負だし、あいつビビってたし、始まってすぐにがつんといけば、勝てると思ったんだけどな。それでうまくいくこと、今までもあったし」

「でも、試合前に自分の手をさらしてしまっていたなら、無理でしょうね」

「え、どういうこと？」

「みんなの前で、『面を速く打てる』『十秒で決めて勝つ』と言ったのでしょう？　それを宝くんも聞いていたなら、まずは面を警戒《けいかい》するでしょうから」

「あ」

「相手が打ってくる場所とタイミングをあらかじめわかっていたら、防《ふせ》ぐことはそう難《むずか》しくありません。それで善太くんは一撃目《いちげきめ》が思うように決まらなくて、宣言《せんげん》した十秒も過《す》ぎてしまって、だんだん集中力をなくしていったでしょう。そして勢《いきお》いだけで打ちかかったところを、逆《ぎゃく》に打たれてしまったのではありませんか？」

「当たり。すっげー、絹先生ってエスパー？　あっ、それとも年の功ってやつ？」

「……善太くん」

今日の初戦もそうだった。背中《せなか》の胴《どう》ひもにたすきを結んでくれたあげはに、「見てろよ。おれ、二本勝ちしてくるから」とかっこよく決めて、意気揚々《いきようよう》と初戦に臨《のぞ》んだ。試合開始後すぐに間合いをつめ、突撃《とつげき》！ 竹刀《しない》をまさに振《ふ》りかぶろうとする寸前《すんぜん》、右手首でなにかが、とんっ、と跳《は》ねた。相手の竹刀だった。出ばなを狙《ねら》われて小手《こて》を取られ、テンション、だだ下がりだ。一本取り返すべく猛然《もうぜん》と打ちかかったけれど、こっちが攻《せ》めるほど相手も守りを固めてしまう。まるで北風と太陽の童話のように。そこからだんだんグダグダになっていって、最後は再《ふたた》び出ばな小手をくらい、二本負けした。

「今日の戦いぶりを見ていてよくわかりました。宝くんは、試合運びの上手な子です。模範試合《もはんじあい》のときも狙《ねら》っていたと思いますよ。善太くんが隙《すき》を見せるのを、じっと」

「……そうかもしんない」

善太とちがって宝は、初戦で危《あぶ》なげなく勝利を収《おさ》めた。

相手はどうやら小手を打ちたいらしく、しつこく宝の小手を狙った。でもなかなか決まらない。どうしてそこまで小手を狙う？ 善太は笑った。戦う相手の小手は、自分が思った以上に下にある。宝のように小さいやつだと、さらに下になるから打ちづらいのに。

相手が何度目かの小手を放つ。宝はすっと左後ろに避《よ》けつつ、竹刀を下げる。宝の空いた面に相手の竹刀が吸《す》い寄《よ》せられ、そこで初めて、宝は攻撃《こうげき》に転じた。右斜《みぎなな》め前《まえ》に出ながら相手の打ちをかわし、相手の右胴《みぎどう》を斬《き》ってかけ抜《ぬ》ける。

流れるような一撃《いちげき》だった。

宝はその後もスムーズに勝ち進み、準々決勝《じゅんじゅんけっしょう》で敗れたものの、ベスト8《エイト》に入ったのだ。

「それで、善太くんは宝くんに負けたことがくやしくて、悩《なや》んでいたのですか？」

絹先生がおだやかな口調で聞いた。

「そりゃあくやしいし、ムカつくよ」

「それなら、また宝くんに勝負を挑《いど》んでみればいいでしょう。試合稽古《しあいげいこ》でも、大会本番でも。勝っても負けても、いい勉強になりますから」

「大会本番は厳《きび》しいよ。同門だと、トーナメントの位置も離《はな》されるし」

「私《わたし》のほうで調整できる大会もありますよ」

「いや、その、勝負は別にいいんだけど」

善太は首を振《ふ》り、おでこをけやきに押《お》しつけた。

「ていうか、勝負してただ勝つだけでいいなら、よかったんだけど」

あの、模範試合《もはんじあい》が終わったとき。

宝がほかのクラスメイトたちと同じような反応《はんのう》をしたのだったら。大口を叩《たた》いたあげくに負け、言《い》い訳《わけ》を重ねる善太にあきれ、小さな大人のような顔をして笑ったのだったら。たぶん善太は宝に何度も勝負を挑んだ。それで一度でもリベンジできれば、スッキリ気が済《す》んで終わった。あとはどうでもいい。うそがバレても別に、開き直れた。

でも、宝はちがったのだ。

「すごい」と、「稲妻《いなずま》みたい」だと言われてしまったからには、宝に勝つだけではだめな気がする。じゃあどうすればいいのかというと、わからない。

「このままじゃだめだってのは、わかってるんだけどさー」

「そう思うなら稽古《けいこ》をなさい。つまずいたときこそ、基本《きほん》に返るんです。今日このあとにある合同練習会、宝くんも参加すると言っていましたよ」

「ええー、やる気出ねー」

うだうだしていると、絹先生は腕《うで》を組み、さとすように言った。

「善太くんは宝くんの兄弟子《あにでし》になったのですよ。それでいいのですか?」

善太は絹先生に向き直った。

「兄? おれ、宝とは同い年だけど?」

「それでも、善太くんのほうが先にくすのきへ習いに来ていたのだから、善太くんが兄弟子です。これまで新しい子が入るたびに、そう言ったはずですよ」

「そんなん忘《わす》れたよ。入ったって、みんなパタパタいなくなっちゃうし。兄弟子の実感ないもん」

絹先生は軽くせき払《ばら》いした。

「とにかく。兄弟子《あにでし》は弟弟子に気を配り、自らの背中《せなか》で引《ひ》っ張《ぱ》っていかなくてはなりません。試合も大事ですが、それよりもふだんの稽古《けいこ》。サボっていては示《しめ》しがつきませんからね」

「えー、参ったな。それっておればっかり大変じゃん」

善太は肩《かた》をすくめた。でも、悪くない。兄弟子。そっか、おれが、兄か。

考えるほど、新しい技《わざ》を教えてもらったときのように胸《むね》が弾《はず》んだ。一刻《いっこく》も早く技をものにしたくてわくわくする、あの感じ。

「さあ、落ちこんでいるひまはありませんよ。しょんぼりした顔で竹刀《しない》を握《にぎ》っても、いい稽古はできませんからね」

「宝なんか、いつもこーんな顔で竹刀握ってるじゃん。学校でもそうだけど」

善太が眉尻《まゆじり》を下げ、上目遣《うわめづか》いになってみせると、絹先生が考えこむような顔をする。

「宝くんは……」

でも、すぐにいつものお地蔵様《じぞうさま》のようなほほ笑《え》みを浮《う》かべ、首を振《ふ》った。

「とりあえず、おれが気合入れなきゃってのはわかったよ。がんばる。毎日がんばる。練習会も今日はちゃんと参加するから。見てて！」

善太は一気にまくし立て、絹先生に礼をして走り出す。水たまりに映《うつ》る空と雲を飛《と》び越《こ》えながら、体育館の入り口にもう一度向かった。

市大会は午前中で終わったけれど、体育館の中の武道場《ぶどうじょう》は一日貸《か》し切《き》られていて、午後からは合同練習会の場に変わる。選手は希望すれば誰《だれ》でも参加可能《かのう》で、他道場の先生や門下生と稽古《けいこ》ができる。

善太が武道場に入ると、あげはがかけ寄《よ》ってきた。その鼻の先が、まだわずかに赤い。

「あれー？　善太、練習会出るの？　めずらしい」

あげはは今日、三回戦で惜敗《せきはい》していた。この練習会でチャンスがあれば、負けた相手に再戦《さいせん》を挑《いど》む気でいるのだろう。朝よりはれぼったくなったまぶたの下で、目がきらきらと輝《かがや》いている。

「ふん。まあな」

あげはのこの表情《ひょうじょう》を見ると、善太はいつもそわそわする。からかうこともできないくらい、おっかないと思うのに、視線《しせん》を持っていかれてしまう。

「やっぱこういうのはおれがまず参加して、見本になんないとだめだろ」

試合に負けてすぐ練習会なんて気が乗らない。そう思ってほとんど参加しなかった過去《かこ》は、善太の中でなかったことにする。

「ふうん？　なにがあったのかわかんないけど、えらいね」

あげはが、ぱっと笑顔《えがお》になる。

「よせよ。当たり前のことしてるだけなんだから、全然えらくなんて、はは」

「そっか、それもそうだね。うん、取り消し」

「えっ」

「そのやる気が続いたら、本当にえらい、だねっ」

あげはは善太の頭をなでるふりをすると、赤い弦《つる》が張《は》られた稽古用《けいこよう》の竹刀《しない》を持って、またどこかに行ってしまう。それからすぐに練習会は始まった。

準備運動《じゅんびうんどう》と、素振《すぶ》り、切《き》り返《かえ》しが終わると、次は地稽古《じげいこ》だ。選手たちは稽古をつけてほしい先生のもとに並《なら》んで、それぞれ順番を待つ。あの道場の先生は容赦《ようしゃ》なく怖《こわ》いとか、この道場の先生は厳《きび》しいけれど教え方がわかりやすいとか、指導《しどう》の特徴《とくちょう》をみんなだいたい知っているので、人気のある先生のところは長蛇《ちょうだ》の列《れつ》になる。

善太は自分の番が来ると、他道場の若《わか》い男の先生に向かって、勢《いきお》いよく打ちかかった。地稽古は試合形式で行われる稽古だけれど、勝敗を決めるものではない。

どんどん技《わざ》出して、とにかく一本取るぞ。

剣先《けんせん》に気合をこめ、自分より背《せ》の高い相手の面を伸《の》び上《あ》がって狙《ねら》う。かつ、と音がした。走らせたはずの竹刀が目標を前にして止まる。ほぼ同時に善太の胴《どう》が高く鳴った。横《よこ》っ腹《ぱら》に響《ひび》く振《しん》動《どう》。やられた。いったん相手の面を受け止めてからすぐさま胴を打つ、面返し胴。

なんの、おれだって。

気勢《きせい》を上げ、再《ふたた》び攻《せ》めこむ。今度は善太が先生の右胴《みぎどう》を打って走《はし》り抜《ぬ》ける。

いえーい、どうだ！

竹刀《しない》を持った右手を高く上げながら悠々《ゆうゆう》と振《ふ》り返《かえ》った善太の視界《しかい》が、後を追ってきていた先生の姿《すがた》に覆《おお》われる。

やべっ……。

善太が振り返るのを待《ま》ち構《かま》えていたようなタイミングで、ぱあん、と先生の竹刀が目の前に落ちてきた。

ぎぎぎ、と奥歯《おくば》をかみしめると、

「阿久津くん、集中集中。そのまま切らさないで」

先生が善太を励《はげ》ますように声をかけた。

「はいっ」

よし、もういっちょ。

一歩踏《ふ》みこめば打てる、引けば避《よ》けられる、一刀一足の間合い。そこから打ちたい場所をじーっと凝視《ぎょうし》しつつ、前に出ようとすると、先生が善太の剣先《けんせん》を上から軽く押《お》さえてきた。

あ、いけね。

剣先《けんせん》が上を向きすぎていた。善太は力に逆《さか》らわず、先生ののど元に向かうように剣先を下げると、先生の竹刀《しない》がすっと離《はな》れる。

善太はすかさず一歩踏《ふ》み出《だ》した。

先生のじゃまな剣先を横に払《はら》い、生まれた空間へ竹刀の先からまっすぐ飛びこむ。

「めぇん！」

斬《き》りかかろうと勇んだ右小手《みぎこて》に、すとん、と剣先が降《お》りてきた。速い。善太に払われた反動を利用したなめらかな動き。善太の伸《の》ばした竹刀が、空《くう》を切る。

またやられた。でも、まだまだ！　ばたばたしているうちに、遠くでストップウォッチのアラームが鳴った。一回二分の地稽古《じげいこ》の終了《しゅうりょう》だ。

善太は竹刀を納《おさ》め、アドバイスを聞くべく姿勢《しせい》を正した。

「阿久津くん。まず注意したいのは、その袴《はかま》。ひだが乱《みだ》れているよ。たたみ方に気をつけて、きちんとしなさい」

ええー、いきなりそこかよお？

教え方はそれぞれちがうけれど、礼節《れいせつ》をなにより重んじるのはどの先生も同じだ。

「はいっ」

「阿久津くんは自分の打ちたい場所だけを見るくせがあるから、相手の全体を見るように心がけて。でないと動きがつかめないからね。それと、もう少し落ち着くように。打つことだけに夢中《むちゅう》になると、姿勢《しせい》も足さばきも乱《みだ》れる。一本にならないよ」

わかってまーす。何度もいやってほど言われてまーす。

「はいっ」

「それと、胴《どう》を打って走《はし》り抜《ぬ》けるとき、柄《つか》から左手を放すのはいいけど、残心《ざんしん》を示《しめ》すときは両手で持ち直したほうがいい。振《ふ》り向《む》くときだってさっきみたいに油断《ゆだん》しちゃだめだよ。手をこう前に出して——……」

なんか飽《あ》きてきちゃった。この先生、話、長くね？　もうちょっと短縮《たんしゅく》してわかりやすくしてよお。おれ、国語苦手。あっそういえば国語の宿題、日記だったっけ。めんどくせー。

「……話、ちゃんと聞いてないだろう」

「はいっ、あっ、聞いてますっ」

善太があわてて背筋《せすじ》を伸《の》ばすと、先生は苦笑《くしょう》した。

「まったく。でも、面はよかった。思い切りよく打てている。打つ前にぐっとタメを作って、剣《けん》先《せん》で攻《せ》めを見せているのもいいね」

え？　おれ、そんなことしてるっけ？

「剣道《けんどう》は、面に始まり、面に終わる。これからも稽古《けいこ》を一生懸命《いっしょうけんめい》がんばりなさい」

「はいっ。ありがとうございましたっ」

先生に礼をして、善太の後ろに並《なら》んでいた選手と代わる。次はどの先生のところに並ぼう。でも、その前に。

あたりをきょろきょろ見回しながら歩いていると、

「ねえねえ、善太」

列の途中《とちゅう》に立っているあげはに声をかけられた。

「なんだよ」

「見て見て、あっち」

あげはが甲手《こて》をはめた手で武道場《ぶどうじょう》の隅《すみ》を指差す。そこには宝と低学年らしい小さい子が向かい合っていて、宝はなぜか竹尺物差《たけじゃくものさ》しを手にしていた。どこで調達したのだろう。いったいなにをするのかと思ったら、宝は小さい子の面金《めんがね》の隙間《すきま》から物差しを入れ、顔をかいてやっていた。

「あげは、あんまよそ見してんなよ」

「人の動きを観察するのも稽古《けいこ》。見取り稽古なの」

剣道《けんどう》をしていない宝を見て、なんの稽古だ？

「宝くん、やさしいよね」

あげはが感心したように言う。善太は気のない返事をした。

「そうかあ?」

「そうだよ。くすのきの稽古《けいこ》のときも、年下の子のめんどうみてあげてるし」

「ふーん。でも、やさしいぶん、ビビりじゃん」

「善太、宝くんがビビりって、本当に思ってるの?」

心底不思議そうに見つめられ、善太はたじろいだ。

「ビビりな人が、面抜《めんぬ》き胴《どう》なんて技《わざ》、あんなに上手になると思う? 面を相手にさらすんだよ? それで打たせたところをかわして、前に踏《ふ》みこんで、相手の胴を打つんだよ?」

「う。それはまあ、そうだけど。おれだって稽古すればあれくらい」

「同じ技で勝負するの? 勝ちたいなら、わたしはちがう方法探《さが》すけどな」

あげはが熱い視線《しせん》を宝に送る。善太はあげはの顔の前で、手をぶんぶん振《ふ》ってじゃまをしてから、宝に近づいた。善太が声をかけるよりも早く、宝がこちらを振り向く。

「さっきの地稽古《じげいこ》、おまえはおれの背中《せなか》、見てたか」

「えっ?」

「引《ひ》っ張《ぱ》られたのか」

「……ひ……?」

すすす、と宝は善太から後ずさった。きれいにひだの整っている白い袴《はかま》が、逃《に》げるときでもスムーズな足の動きに合わせて揺《ゆ》れる。

「そんな遠慮《えんりょ》すんなって。ちゃんと引《ひ》っ張《ぱ》ってやるから、おれについてこいよ」

宝が逃《に》げた距離《きょり》を大きく一歩で縮《ちぢ》め、その肩《かた》を甲手《こて》で軽く小突《こづ》く。目を白黒させている宝に、にいっと笑ってみせた。

「なんたっておれはおまえの、兄弟子《あにでし》なんだからな!」

二章 夏

一

梅雨入《つゆい》りが発表された六月のある日、宝《たから》は自分の部屋でいつもの剣道着《けんどうぎ》と袴《はかま》に着替《きか》え、ひざを抱《かか》えて座《すわ》っていた。

羊をかたどった木製《もくせい》の壁掛《かべか》け時計《どけい》は、八時二十分を示《しめ》している。今日は土曜日だから、稽古《けいこ》は九時から。

宝は時計のすぐ下の、星形の色紙《しきし》に視線《しせん》を移《うつ》した。前の学校のクラスメイトから贈《おく》られた寄《よ》せ書《が》きで、せっかく友だちがくれたのだからと、父親がわざわざ壁に貼《は》った。字より余白《よはく》が目立つ、スカスカの星。

あれ、勝手にはがしたら怒《おこ》られるかな。立ち上がって手を伸《の》ばしたとき、ピンポーン、とインターホンが鳴った。

来た……。

「はーい、よかったらちょっと上がっていく？　今、ロック開けるね」

母親がしゃべってから数十秒後、もう一度インターホンが鳴って、玄関《げんかん》の開く音がした。

「おはようございまーす。宝を迎《むか》えに来ました」

剣道《けんどう》とにぎやかな家族に鍛《きた》えられた善太《ぜんた》の声が、宝の部屋のドアを突《つ》き抜《ぬ》けてくる。

「宝ー、阿久津《あくつ》くんが来てくれたわよ、早くいらっしゃい」

宝はあわてて防具袋《ぼうぐぶくろ》と竹刀《しない》を抱《かか》えた。開けたドアの角に足の小指をしたたかぶつけ、しばし悶《もん》絶《ぜつ》する。

ぎこちない足取りでリビングに向かうと、善太がソファにどっかと座《すわ》り、ジュースを飲みながら宝の両親と話していた。

市大会が終わってから、善太は突然《とつぜん》、こうして稽古《けいこ》の前に宝を迎えに来るようになった。

「今日は仕事休みだから、私《わたし》が車で二人を送ろうか？」

「いえ、いっす。防具かついで歩くのも、足の鍛錬《たんれん》なんで」

父親に向かって、善太が大きく手を横に振《ふ》る。

鍛錬。今までそんなに、熱心なようには見えなかったけど。

「まあ、そうなの。宝が毎日素振《すぶ》りやってるから、剣道《けんどう》はとにかく腕《うで》なんだと思ってたけど、足の力も必要なのね」

「毎日っ？　あ、確《たし》かに、腕も大事っす。でも、剣道は腕で打つんじゃなくて、足で打つもんなんで」

それ、絹《きぬ》先生がよく言ってるやつ。特に、阿久津くんに。

「そうやってふだんの生活でも稽古《けいこ》を意識《いしき》してたら、どんどん強くなるだろうな。生活即剣道《せいかつそくけんどう》。宝にも、阿久津くんのガッツを見習わせないと」

「へへへへ、当然です。おれ、兄弟子《あにでし》っすから」

また言ってる。

優勝経験《ゆうしょうけいけん》があるとうそをついたと思ったら、今度はなぞの兄弟子アピールが始まった。

阿久津くんの中で、いったいなにが起こっているんだろう。

国語は得意科目だし、作文だって話すよりはずっと楽だからきらいじゃない。でも、『このときの阿久津くんの目的を説明しなさい』という問題が出たら、えんぴつが止まる。

宝はこっそり身構《みがま》えた。よくわからないけれど、阿久津くんは兄弟子を理由にして、ぼくをパシリにしたいのかもしれない。気をつけていよう。

宝と善太は宝の両親に見送られ、玄関《げんかん》を出た。クラスメイトや道場仲間がこうして家に来るなんて、前の学校でもほとんどなかったから、両親はきっと安心したのだろう。二人ともうれしそうだから、宝も善太を拒絶《きょぜつ》できない。もともと、拒絶する勇気もないのだけれど。

善太の後ろをとぼとぼ歩いていると、

「しっかし、おまえんちはすげーな。家はきれいで広いし、車もかっけーし。左ハンドルの車乗っている大人、このへんにはほかにいねえよ」

善太が感心したように言った。

「母ちゃんもきれーだよな。家でスカートはいてるのもすげえ」

宝が首をかしげると、善太は続けた。

「だってふつー、母ちゃんって授業参観《じゅぎょうさんかん》しかスカートはかないもんじゃん？　そういや父ちゃんも、ステテコとかジャージじゃなかったな。なんかオシャレ。ダブルですげえ」

宝にとってはあの二人の姿《すがた》がふつーだ。でも、そっか、阿久津くんにとってはすごいのか。うなずいていると、善太は宝を上から下までじろじろ見た。

「なのに、おまえはなんで、上下白なの」

「え」

「剣道着《けんどうぎ》も袴《はかま》も白って、なんか構《かま》えすぎてる感じ。おれは絶対《ぜったい》着ないね。上下紺《こん》のが絶対男らしくてかっこいいもんな」

男らしく見えるからこそ、宝はどうにも気後《きおく》れしてしまって、紺《こん》一色は着られないのだ。

「ま、いいけど。そういやおまえ、ゲーム機もソフトもいろいろ持ってたよな。うちは三番目がすげえゲーマーでさ。おまえも結構《けっこう》やんの？」

「……あんまり」

宝は首を振《ふ》った。最初はどれもおもしろいのだけれど、途中《とちゅう》でやめてしまう。父親がゲームを進めてしまうのだ。気づくとキャラのレベルがすごく上がっていたり、クエストがクリアされていたりする。宝がぎょっとしていると、父親が満面の笑《え》みで言う。「協力プレーだ」「これでもっと遊びやすくなっただろう？」と。

宝が黙《だま》っていると、善太が同情《どうじょう》するような顔で宝の肩《かた》を叩《たた》いた。

「そうか。おまえ、飽《あ》きっぽいんだな。ロープレできないタイプだ」

ちがう。

「でも剣道《けんどう》は続いてんのな。親も期待してるカンジだし。市大会もビデオカメラ持参で来るとか、くすのきではおまえんちだけだよ。うちなんか、父ちゃんも母ちゃんも仕事忙《いそが》しいから、ほとんど見にこないぞ。おまえはいいよなー」

よくない。

宝は肩を落とした。父親に見られていると思うと気が散るし、ビデオだって、撮《と》られたあとがすごくめんどうくさいのだ。

阿久津くんには、わからない。


宝の家では、大会のあとに反省会が行われる。と言ってもひたすら父親の批評《ひひょう》を聞くだけの、宝にとっては大会本番よりも緊張《きんちょう》する時間だ。

この前の市大会もそうだった。その日の夜、母親が撮《と》った試合のビデオを確認《かくにん》しながら、次々と父親の指摘《してき》を受けた。宝が負けた準々決勝《じゅんじゅんけっしょう》になると、父親はさらにヒートアップした。

「ほらっ。相手はこんなに剣先《けんせん》を下げてるんだ。面が隙《すき》だらけじゃないか。ここで勇気を出して打ちこんでいれば、一本取れただろう。もったいない!」

確《たし》かに相手の剣先は下がっていたけれど、これは気がゆるんでいるのではない。油断《ゆだん》していたり、気合が足りなかったりする人の剣先は、むしろ上がってくることのほうが多い。このときの相手はたぶん、宝が面を打つよう誘《さそ》っていたのだ。

「ここ。なんで止まっちゃってるんだ。宝の得意技《とくいわざ》が抜《ぬ》き胴《どう》でも、相手が出てくるのをただ待ってたってしょうがないんだぞ。こっちから攻《せ》めて、相手を動かして、それで打つんだよ。いいか、チャンスは待つな。作るんだ!」

父親からすれば、ただ止まってチャンスを待っているように見えるのかもしれない。でも宝は剣先《けんせん》や足を細かく動かしつつ、相手の気配を読んでいる。

「なんでもっと前に出ていかないんだ。ガッツがあるところを見せないと、審判《しんぱん》の旗も重くなっちゃうんだぞ。勝ちづらくなっている自覚、あるのか?」

ある。けれど、どう攻《せ》めても打てる気がしない、そういう時間はある。そこで無理をすれば、ほぼ確実《かくじつ》に返《かえ》り討《う》ちにあう。

宝は画面の中の自分と相手から目をそらした。説明しても、きっとわかってもらえない。父親が好み、認《みと》めるのは、相手に果敢《かかん》に打ちかかる『子どもらしく元気な』剣道《けんどう》だけだ。ちょうど、善太のような。

「なあ。宝は、負けてくやしくないのか。夢《ゆめ》とか、目標とかはないのか。もっと強くなりたい、変わりたいって、思わないのか」

そういうの、よくわからない。

宝がさらに小さくなると、父親は長いため息をついた。

「お父さんが仕事で知り合ったお客さんの中には、平社員のうちから『社長』って肩書《かたがき》を入れた名刺《めいし》をお守りにして、必死に働いて、本当に会社の社長になった人がいる。預金通帳《よきんつうちょう》の残高に自分でゼロをたくさん書き足して、『このくらいお金持ちになる』って決めて、仕事に励《はげ》んでる人もいる。宝もその人たちみたいに、向上心を持って物事に挑《いど》んでごらん。お父さんもいっしょにがんばるから」

宝が怖《こわ》がっていると思ったのか、やさしい口調になったけれど、無理に引き上げたような口元から、もどかしさといら立ちが伝わってくる。

長丁場《ながちょうば》になることを覚悟《かくご》した。しかしそれから間もなく、父親の話は終わった。

ビデオカメラが、なぜか宝でなく、ほかの子の試合を映《うつ》し始《はじ》めたのだ。

「……なんでお母さんはよその子を撮《と》ってるんだ」

父親の声が震《ふる》える。宝の肩《かた》も震える。リビングに漂《ただよ》う緊迫感《きんぱくかん》をまったく無視《むし》して、母親はあっけらかんと答えた。

「隣《となり》で試合してたちびっこたちが、もうかわいくって。小さいころの宝みたいだったのよ」

「今の宝を撮ればいいだろう。十分小さいんだから」

「やあね、身長の問題じゃないの。母親はね、わが子の思い出をなにかに重ねて、しょっちゅうしみじみしたいものなの。わかってないわね」

「わかってないのはお母さんだ。試合のビデオは思い出のためじゃなくて、宝が勝てるようになるための、研究用に撮ってるんだよ」

「ふうん？　まあ用途《ようと》はどっちでもいいじゃない。宝の勇姿《ゆうし》を何度も見られれば」

「だからその勇姿が途中《とちゅう》で見切れてるんだって！」

そうでしたー、と母親が悪びれずに言う。はらはらする宝の横で父親は首を振《ふ》り、ビデオを止めてリビングを出ていった。

ついほっとして、ソファにずずっと沈《しず》みこむ。

「お疲《つか》れさま。今日もよくがんばったわね」

「うん」

「反省会、いやなら、いやって言っていいのよ?」

宝は首を振った。いやと言って、父親の機嫌《きげん》を損ねるほうがもっといやだ。

「宝、相手のお腹《なか》を狙《ねら》うのが上手ね。いい音もするし。かっこよかった」

明るく言って、母親は空いたグラスを集めてトレイにのせた。宝がそばにあったふきんでテーブルの上を拭《ふ》くと、「ありがとう」と目を細める。

「でも、負けちゃった。お父さんも、怒《おこ》ってる」

「あれは怒ってるんじゃなくて、くやしがってるのよ。宝のことになると、どうしても熱くなっちゃうのよね」

「そう、かな」

「そうなのよ。まあ、お父さん自身も、いろんな競争を経験《けいけん》してきた人だから。宝のことも、同じように勝たせてやりたいんでしょうけど」

母親は軽くため息をつくと、気持ちを切《き》り替《か》えるように笑った。

「でも負けたっていいの。剣道《けんどう》は、試合で勝つのがすべてじゃないもの。お稽古《けいこ》することで、礼《れい》儀作法《ぎさほう》や思いやりが身についたり、友だちができたりするでしょう。そっちのほうが、お母さんは大事だと思うわ」

「友だちは、あんまり……」

「あら、剣道をやってる人は、みんな友だちのようなものでしょ？　剣士みな兄弟、よ」

兄弟、という単語にびくりとして、ひざを抱《かか》える。

「なんで？」

「自分の上達のために、相手が打たれてくれる。自分も、相手に打たれてあげる。それってよく考えたら、すごい信頼関係《しんらいかんけい》だと思わない？　もはや、愛よね」

あ、愛？　反応に困《こま》っていると、母親が宝の背中《せなか》をやさしくさすった。

「少なくとも、阿久津くんとはもう仲良くなれたんでしょう？　よかったわね」

「うえっ⁉」

「阿久津くん、宝より先に負けちゃったでしょ。それでも宝の試合を一生懸命応援《いっしょうけんめいおうえん》してくれてたのよ。すごくくやしそうな顔したままで」

どこか遠くを見るような目で一人うなずき、母親はかみしめるように言った。

「それも、愛よね」

宝は身震《みぶる》いして、ぺらぺらとしゃべり続けながら前を歩く善太を見た。

本当に阿久津くんは、よくわからない。……うちのお母さんほどじゃないけど。

床《ゆか》に置かれた縄《なわ》ばしごの前に立つ。

宝は竹刀《しない》を中段《ちゅうだん》に構《かま》え、縄ばしごの横縄と横縄の間を、細かく足を動かしながら走る。ラダートレーニングだ。上体はぶれずに、足の置き方は剣道《けんどう》と同じく右足前の左足後ろで、可能《かのう》な限《かぎ》り素早《すばや》く。そうして剣道に必要な細かい足の動きを鍛《きた》える。

縄ばしごを走《はし》り抜《ぬ》けると、またスタート位置に戻《もど》った。くすのきでは、ラダートレーニング専《せん》用《よう》の、バーとバーの間隔《かんかく》を自由に調節できるプラスチック製《せい》のものではなく、本物の縄ばしごを使っている。絹先生が近所の農家から余《あま》っていた麻縄《あさなわ》をもらって、手作りしたそうだ。

ラダートレーニングが終わって縄ばしごをかたづけていると、あげはも手伝いにきてくれた。

「宝くん、ラダーすごく速いね。前の道場でもやってたの？」

にこにこと笑いかけられ、首から上が一瞬《いっしゅん》で熱くなる。実はトレーニングの間、あげはからの視線《しせん》を感じていた。でもあれは、「すごーい」と感心しているのではなく、「どうやってるの？」

と探《さぐ》るような、鋭《するど》いまなざしだったが。

「わたしも速くなったら、試合でもっといい動きできるかなあ」

「だったら地稽古《じげいこ》とか、実戦の中で覚えてくほうが楽しくねー？」

二人の間に割《わ》りこんできた善太が口をとがらせる。

絹先生は基礎練習《きそれんしゅう》に多くの時間を割《さ》く先生だ。とりわけ、素振《すぶ》りだとか足さばきだとか、面をつける前の練習をみっちり行う。竹刀《しない》でがつがつ打ち合う稽古が好きな善太には、物足りないのかもしれない。

でも宝は、基礎練習が多くても全然かまわない。面をつけて打ち合わなくても、『自分は今、武道《ぶどう》をやっているのだ』と意識《いしき》できれば、それでいい。

「おまえ、もしかして家でもラダー使って練習してんの？　素振りはやってんだろ？」

「え？　えっと」

「ほかには？　ほかにどんなコソ練してんの？　なあ教えろよ」

つめ寄《よ》られ、困《こま》って逃《に》げると、善太が追いかけてくる。さらに足を速める宝の行く手を、絹先生が笑顔《えがお》でさえぎった。

「善太くん、宝くん、今すぐ股割《またわ》り素振り百回」

「げっ、よりによって股割り？　なんで、なんの罰《ばつ》？」

善太が不服そうに声を上げた。絹先生は澄《す》まして答える。

「楽しい剣道《けんどう》を、罰《ばつ》に使うわけないでしょう？　二人とも元気が有《あ》り余《あま》っているようだから、存《ぞん》分《ぶん》に竹刀《しない》を振《ふ》るってもらうだけです。さあ、返事は？」

「はい」

宝と善太はほかのメンバーのじゃまにならないところへ、すごすごと移動《いどう》した。

「あーあ、きついぞこれ。もうやるしかねーけど」

両足を開いて腰《こし》を落とした状態《じょうたい》で竹刀を振る、股割《またわ》り素振《すぶ》り。繰《く》り返《かえ》すうち、だんだん、ももがプルプルしてくる。それでも体勢《たいせい》をくずさず、一回目も百回目も同じように鋭《するど》く、ていねいに振らなければ、素振りの意味はない。前の道場の先生にも父親にも、何度もそう注意された。

「おい、腰、そんなに低くしないほうが楽だぞ」

隣《となり》でこそっと善太がささやく。宝は竹刀をきっちり動かし続けながら、首を横に振った。

「だいじょうぶだって。今、絹先生こっち見てないから」

もう一度、首を横に振る。稽古《けいこ》で楽をしようとは思わない。すると善太が、「なんでだよ！」とぶつかってきて、宝はよろけた。

「はい、二人とも最初からやり直し」

絹先生の注意が飛んでくる。最初から⁉　宝と善太は顔を見合わせた。

「……おまえのせいだぞ」

「え、ご、ごめ」

「ま、しゃーないからつき合ってやるよ。おれはおまえの兄弟子《あにでし》だからな」

まだ言ってる。


月曜日の放課後、職員室《しょくいんしつ》に日誌《にっし》を届《とど》けてから教室に戻《もど》ると、ランドセルがなかった。教室を出るまでは、確《たし》かに机《つくえ》の上にあったのに。呆然《ぼうぜん》としていると、クラスメイトの一人が笑いをこらえるような様子で近づいてきた。

「蓮見《はすみ》のランドセル、向こうにあったぞ。来いよ」

そのクラスメイトは、宝を校庭の隅《すみ》にあるトイレに連れていった。コンクリートブロックの壁《かべ》に囲まれた薄暗《うすぐら》い外用トイレは、そばに行くときつい芳香剤《ほうこうざい》のにおいがするし、虫もいそうで、宝はまだ一度も使ったことがない。

トイレの周りにはすでに数名の男子が集まっていた。いやな予感がさらに大きくふくれ上がる。男子たちはわざとらしく悲しげな顔をして、

「大変大変、おまえのランドセル、あそこにあるんだよ」

「誰《だれ》がやったんだろうなー?」

と、屋根の上を指差した。

なんでそんなところに。もしそれが本当なら、宝の背丈《せたけ》では届《とど》かない。どうしようかと思っていると、足元にひっくり返したバケツが置かれた。

「上がれよ」

「そうだよ、上がって取ってこいよ。ほら、そこの管とかに足かけてさ」

逃《に》げられる雰囲気《ふんいき》ではなかった。ランドセルも置き去りにできない。宝は仕方なく、バケツに足をかけた。言われるままに排水管《はいすいかん》や小窓《こまど》の枠《わく》につかまり、足場にしながら、なんとか屋根の上によじ登ると、一面に枝《えだ》きれが散らばっていて、その中に宝のランドセルが転がっていた。ほかにも、ゆがんだ針金《はりがね》ハンガーやら丸まった紙くずやら、傘《かさ》まであった。まるでガラクタを集めるカラスの巣だ。

宝がランドセルに手を伸《の》ばしたとき、下からぽーんと、小さな木の枝が飛んできた。宝には当たらず屋根の上にのったその枝は、なぜかぬれている。

「ちぇ、外したー」

「次はおれ！」

また枝が飛んでくる。宝は身を乗り出して下をのぞきこんだ。男子たちがかわるがわる枝を片手《かたて》にトイレに消え、枝から水を滴《したた》らせながら出てくる。

え、もしかしてあれ、便器の中に突《つ》っこんだやつ？

「これ、投げんのもこえーんだよなー。とうっ」

一人が、ブーメランを投げるように枝《えだ》を放ってきた。枝は空中に水を飛び散らせながら回転し、よけそこねた宝の服に当たった。

「わあっ」

つい情《なさ》けない声を上げると、みんな笑い転げる。それで勢《いきお》いづいたらしい男子たちは、トイレの周りを囲むようにして立ち、どんどん宝に枝を投げてきた。

わああ、汚《きたな》い！

身をかがめ、小動物のように逃《に》げまどう。けとばしてしまった傘《かさ》が下に落ちると、反撃《はんげき》されたと思ったらしく、男子たちがさらに興奮《こうふん》する。

もういやだ、なんでこんな目に。唇《くちびる》をかみしめたとき、誰《だれ》かが「げっ」と声をもらした。

「ウザいのが来た」

みんなの視線《しせん》の先を、宝も見る。全身の肉を揺《ゆ》らして転がるように走ってくるのは、善太だ。

「おい、なにやってんだよっ」

「うっさいなー。蓮見と遊んでんだよ。屋根に上がれない阿久津はお呼《よ》びでないの」

「宝と、じゃねーだろ。宝で、遊んでんだろ。人の弟弟子《おとうとでし》にちょっかい出すんじゃねえっ」

「は？　弟？　弟子《でし》？」

「根性《こんじょう》なしとビビりのコンビか。ははっ、しょうもねー」

からかわれた善太は肩《かた》をいからせ、宝の落とした傘《かさ》を拾い上げた。ぐんと頭上に振《ふ》りかぶって静止する。宝の口から、ひえっと短い悲鳴がこぼれた。

あれは上段《じょうだん》の構《かま》え。高校生以上の剣士《けんし》に許《ゆる》される、別名、火《ひ》の構《かま》え。

まさか、打ちかかる気なのか。

「だめだよ！」

宝は声をふりしぼって叫《さけ》んだ。

前の道場で、厳《きび》しく言い聞かされてきたことがある。善太だって同じはずだ。

決して、剣道《けんどう》をけんかに使ってはならない。

剣道は他人を打ちのめすための技術《ぎじゅつ》ではないのだ。たとえその原点が、命がけの斬《き》り合《あ》いであったとしても。

阿久津くんの稲妻面《いなずまめん》は、すごい。

誰《だれ》かを傷《きず》つけるために使ったら、絶対《ぜったい》、いけない。

男子たちが、おどろいたように宝を見上げている。善太もだ。でも、その大きな身体《からだ》には力が入っていて、まだ臨戦態勢《りんせんたいせい》のままだった。どうしよう。助けを求めて周りを見渡《みわた》すと、トイレの入り口に青いものが見えた。掃除《そうじ》に使って、そのまま置きっぱなしにされていたホースだ。

「阿久津くん！」

宝はホースを指差した。善太は宝とホースを交互《こうご》に見る。

――いける？

――いけるぞ。

善太は傘《かさ》を放り、ホースの先をつかんでトイレの中へかけこむと、水を噴射《ふんしゃ》しながら飛び出してきた。

「おまえら全員洗《あら》ってやるぞーっ」

「ぎゃっ、冷てっ」

「ばか、やめろよ！」

水から逃《に》げながら、男子たちがどなる。善太はそれを追いかけながら、容赦《ようしゃ》なく水攻撃《みずこうげき》を続ける。一人の男子の背中《せなか》にホースを突《つ》っこむと、ひときわ大きな悲鳴が上がった。

「もういい、相手にすんのやめ。行こうぜ」

降参《こうさん》した男子たちが、悪態《あくたい》をつきながら逃げていく。その後《うし》ろ姿《すがた》に向かって、善太がむだにホースを振《ふ》り回《まわ》す。

「くらえー！」

「あ、阿久津くん」

「ほらほらー！」

だめだ、阿久津くん、楽しくなっちゃってる。

「阿久津くん、水はもう」

「あー？」

善太がホースを握《にぎ》ったまま振《ふ》り向《む》くと、水が宝にも直撃《ちょくげき》した。顔とシャツがびっしょりとぬれる。

「あらまー」

宝はズボンのポケットからハンカチを出して顔を拭《ふ》いた。

「……あの」

「なんだよ？　わざとやったんじゃねえぞ」

「ありが、とう」

これで、助けてもらったのは二回目だ。あの雷《かみなり》の日と、たった今と。

善太は得意げに鼻の穴《あな》をふくらませると、顔の前で手を振った。

「いいってことよ。おれはおまえの、兄弟子《あにでし》だからな」

「うん」

「それに、傘《かさ》で打つ気なんてなかったぞ。あれはハッタリだ」

「うん」

「優勝経験者《ゆうしょうけいけんしゃ》の面なんてくらったら、あいつら気絶《きぜつ》しちゃうからな」

返事につまる。善太から視線《しせん》をそらすと、どんどん遠ざかって小さくなっていく男子たちの背《せ》中《なか》が見えた。

「……うん」

うそには、気づかなかったことにしよう。そう決めて、宝はうなずいた。

「つーかさあ、ちょっとびっくり」

くくくっ、と、善太がのどを鳴らす。自分でも、あんなことをされるなんてびっくりだ。息を吐《は》いてうなだれると、

「おまえのでかい声、初めて聞いた」

善太はなにがおもしろいのか大きく笑って、もう一度、宝に水を噴射《ふんしゃ》した。

二

夏休み、寝坊《ねぼう》した善太は竹刀《しない》を持って庭に出た。ラジオ体操《たいそう》の代わりに素振《すぶ》りを始める。宝が

毎日やっているなら、自分もやらないわけにはいかない。

ぶれないように頭上まで竹刀《しない》を振《ふ》りかぶり、まっすぐ振り下ろす。肩《かた》からひじ、手首、そこから竹刀へ、力が伝わっていくイメージで。耳に届《とど》く風を切る音。剣先《けんせん》を、自分の頭の高さでぴたりと止める。

けれどもすぐに飽《あ》きてきて、ぼうぼうに伸《の》びてしまった雑草《ざっそう》を横なぎにするように振り回していると、父親が善太を呼《よ》んだ。

「善太ー、助けてくれーい」

振り向くと、父親が車庫に停《と》めた車のバックドアを開けて、ちょいちょいと手招《てまね》きしていた。ボーダーのポロシャツのすそが、でっぱった腹《はら》の下でめくれている。

「精米《せいまい》してきた米、台所に運んどいてくれるか？　父ちゃんちょっと腰痛《こしいた》くてさ」

「オッケー」

長距離《ちょうきょり》トラック運転手の父親は腰痛持《ようつうも》ちだ。積み荷の上げ下ろしや長時間の運転を、コルセットを巻《ま》いた状態《じょうたい》でこなしている。休みの日ぐらい休ませてあげなければ。それにこういう力仕事で頼《たよ》られると、悪い気はしない。

善太は竹刀を地面に置いてかけ寄《よ》った。

「唐辛子《とうがらし》も入れとけよー。この暑さだと、すぐ虫わくからな」

「わかってるって」

十キロの米袋《こめぶくろ》が三つ。とりあえず二袋をそれぞれ両わきに抱《かか》えるように持ち上げると、おおー、と父親が感嘆《かんたん》の声を上げた。

「おまえ、力ついたなあ。ちょっと見ないうちにでかくなった気もするし」

「三日会わなかっただけじゃん」

「男子三日会わざれば刮目《かつもく》して見よ、って言うだろ。三日で背《せ》が伸《の》びるって意味じゃなくて、急成長するってことだけどな」

一人でうんうんうなずいている父親を残し、いったん家に入って米袋を置いて、冷蔵庫《れいぞうこ》から取り出した唐辛子を袋の中に数本ずつ放りこむ。それから戻《もど》ると、父親は日かげに避難《ひなん》してぷかぷかとタバコをふかしていた。

「善太、最近なんだか楽しそうなんだって？　剣道《けんどう》も張《は》り切《き》ってるってお母さんが言ってたぞ。なんかいいことあったのか」

「別に。くすのきに新しいメンバーが入ってさ。同じクラスのやつで、剣道の腕《うで》はまあまあなんだけど、ビビりで頼《たよ》りないんだよ。だから兄弟子《あにでし》としては、めんどうみてやんなきゃだし、そうなると稽古《けいこ》もサボってられねえし。で、毎日忙《いそが》しいだけ」

そう答えると、父親は口からタバコを離《はな》して、まじまじと善太を見た。

「へえ、いいじゃないか。つまりその子は善太の弟弟子《おとうとでし》であり、好敵手《こうてきしゅ》でもあるわけだな」

「こーてきしゅ、ってなに？」

「ライバルのこと。好《す》きの好《こう》に、敵《てき》の手《て》、って書く」

「変なの。敵なのに好きって」

「まあ、ライバルは完全に敵ってわけじゃないからな。ある意味、いちばんの味方かもしれない」

「ふうん。でも宝はライバルじゃないよ。おれのライバルはおれだから」

「善太、おまえそのセリフ、一回言ってみたかったんだろ」

「バレた？」

父親は腹《はら》を突《つ》き出《だ》して笑った。それからふと、眉尻《まゆじり》を下げる。

「大会、なかなか見にいってやれなくてごめんな。精一杯《せいいっぱい》、がんばれよ」

「がんばれとかじゃなくて、勝てって言ってよ」

善太は少しいら立った。大会に来てもらえないのはつまらないけれど、仕事が忙《いそが》しいのだとわかっている。おざなりな励《はげ》ましは、いらない。

わずかの間のあと、父親がやさしい口調で言う。

「大事なのは、結果じゃないぞ」

「そういうのいらない。そんなふうに言われるのって、最初から期待されてないみたいでむかつくよ。おれ、野球もサッカーも続かなかったし、勉強とかもだめだけどさ、剣道《けんどう》ならやれるよ。おれだって負けずにやれるんだよ」

自分が唯一《ゆいいつ》得意だと思っていることで成果を求められないなんて、逆《ぎゃく》にプライドが傷《きず》つくのだ。ムキになる善太に、父親は両手を上げた。

「わかった。じゃあ、善太とライバルくんの名勝負をいつか見たいなあ。期待してるよ」

「そうじゃなくてさあ。……じゃあ、宝と名勝負したら、新しい胴《どう》買ってよ。胸《むね》のところに飾《かざ》りがあって、金色の、かっこいいやつ。ごほーびってことで」

ちゃっかりおねだりすると、父親はあっさりうなずいた。

「いいぞー。いくらくらいするんだ？」

「八万円」

父親はタバコを携帯灰皿《けいたいはいざら》に押《お》しつけ、吸《す》い殻《がら》を中に捨《す》てた。

「善太、米袋《こめぶくろ》がまだ一袋残っているぞ」

「八万円」

「さあて、父ちゃんはまた寝《ね》ようかな」

「八万円」

「連呼《れんこ》するんじゃない。ほれほれ、いいから米を運んで。そしたらもうどっかに遊びに行ってこい。学校のプールとか、開放されてるんだろ？」

「されてても行かねーよ、おれ泳げねえもん。それに予定あるし。宝とあげは連れて、絹先生んち行かなくちゃ。父ちゃんと遊んでやってる場合じゃないんだ」


絹先生は、善太たちの通う小学校の近くの小さな一軒家《いっけんや》に一人で住んでいる。家の前には広々とした畑があって、半分をよその農家に貸《か》し、残りの半分で家庭菜園をしている。ビニールハウスもあって、なかなか本格的《ほんかくてき》だ。でもこの時期、草むしりが一人では追いつかないらしく、善太とあげははは以前にも何度か手伝いに来たことがある。

「——もう、十分きれいになりましたね。みんな、助かりました。ありがとうございました」

絹先生はあたりを見回してうれしそうに言った。畑の隅《すみ》には、四人で鬼《おに》のように抜《ぬ》きまくった雑草《ざっそう》が山になっている。

「あー、働いた働いた」

頭に巻《ま》いていたタオルを外して、顔をごしごし拭《ふ》くと、善太は大きく伸《の》びをした。

「善太は食べてばっかりだったじゃない。ミニトマト、あんなに摘《つ》んじゃって」

麦《むぎ》わら帽子《ぼうし》をかぶったあげはに怒《おこ》られる。絹先生の育てているミニトマトは、からすうりのような細長い形をしていて、フルーツみたいに甘《あま》い。食べ出したら止まらなくなってしまったのだ。

「だって、絹先生が好きに食べていいって言ったし。あげはだって食ったじゃん」

「善太は食べすぎなの。好きにって言ったって、限度《げんど》があるでしょ」

「大丈夫《だいじょうぶ》ですよ。それに、だめにしてしまうより食べてもらったほうが、私《わたし》もうれしいですから」

「ほーらみろ」

もうっ、と言ってあげはが善太の腕《うで》を叩《たた》く。その細い手首が、善太の腕よりもずっと白くて、びっくりする。

「なんであげは、白いまんまなんだ？」

「白？」

「顔とか、腕とか、いつもならおれと同じくらい日焼けしてただろ。どっちが黒いか競争しようと思ってたのに、全然勝負にならないじゃん」

「ああ。これは、日焼け止め塗《ぬ》ってるの」

あげはは善太から目をそらすと、麦《むぎ》わら帽子《ぼうし》を取り、薄《うす》ピンク色のタオルハンカチで顔の汗《あせ》をそっと押《お》さえる。そのしぐさが、やけに大人っぽく見えた。

「あっ」

宝が突然《とつぜん》小さく叫《さけ》ぶ。

「宝くん、どうしました？」

「蚊《か》が」

「ああ、竹やぶがすぐ近くにあるから、このへんは蚊が多いんですよ。もう家に上がって休憩《きゅうけい》しましょう。私《わたし》はお昼の用意をしますから」

「絹先生、わたしもいっしょに作りたいです」

歩き出した絹先生を、あげはが追いかける。

「あげは、包丁は手じゃなくて材料を切るんだぞ。気をつけろよな、ぶきっちょ」

からかうと、「阿久津くん」と宝があせったように善太を止めた。

「切りません。家でお母さんの手伝いしながら、ずーっと練習続けてるもん。前は包丁苦手だったけど、今はもう千切りもみじん切りもできるよ」

「まあ、すごい。こつこつとがんばってきたんですね。さすが、あげはちゃん」

絹先生にほめられ、ふふん、とあげはが善太に向かって得意そうに笑う。

「わたし、カレーだってもう一人で作れるんだから」

「えっ、カレー？　おれ大好物なんだけど。ちょっとくらいまずくても、残さず食べてやるよ」

「善太に作ってあげるなんて言ってないっ」

ぷいとそっぽを向いて行ってしまったあげはに続いて、善太も家の中に入ろうとしたけれど、宝がついてこない。

「宝ー？」

宝はまた畑に戻《もど》って、なにやらきょろきょろしている。

「おーい。なにやってんの」

「探《さが》しもの」

宝は自分の耳の上を指差した。

「今日、水原《みずはら》さんが髪《かみ》につけてたピン、一本なくなってた。あの、先っぽにちょうちょのついたやつ」

「マジで？」

あげははいつも、ヘアピンを二本つけている。稽古《けいこ》の前には必ず外して、大事そうにしまうのだ。

「白いやつと赤いやつだろ？　あれってリボンじゃねえの？」

「ちょうちょ、だと思う。あげはちゃん、だし」

宝が控《ひか》えめに答える。

「たぶん、草むしり中に、落としてる」

「ふうん。じゃ、しゃーないから探《さが》してやるか」

「うん」

二人とも前かがみになり、手や足で土の表面を触《さわ》りつつ、うろうろ探し回る。

「それにしても、よく気づいたな。宝センサーはすげえわ」

「センサー？」

最近、くすのきで相手の気配を感じ取る練習をした。

まず、一人が目をつぶって立つ。そして別の一人が少し離《はな》れたところで手を上げたり、一歩近づいてみたり、なにか行動を起こす。目をつぶっている人は、その動く気配を感じたら手を上げる。周りは二人のじゃまにならないよう、静かにじっと待つ。

そんなゲームのような練習をみんなでしたら、宝一人だけが、ほとんどの気配をキャッチしたのだ。

善太は、相手が自分にほぼ触《ふ》れそうなくらいに近づいてくれないと、なにも感じ取れない。でも宝は、軽く三メートルは離れた場所での動きも、ほぼ正確《せいかく》に察知した。

「えっ、すげー。なんで？　なんでわかんの？」

みんながびっくりしてさわぐと、宝はとまどうように首をかしげた。

「……なんとなく。でも面つけると、ここまではわかんない、と思う」

これにはさすがの善太も感服しないわけにはいかなかったし、見ていた絹先生も、めずらしくおどろいた顔をしていた。

宝の半径数メートルには、宝センサーが張《は》り巡《めぐ》らされているのだ。だから、わずかな動きや変化にも、敏感《びんかん》に反応《はんのう》する。そのせいでよけいビビりになったのかもしれないけれど、剣道《けんどう》をするのに有利な能力《のうりょく》であることには変わりない。

「あー、あっちーなー。おまえ、夏休みはなにしてんの？　剣道以外で」

「ええと、塾《じゅく》、行ったり」

「塾ぅ？　なに、受験《じゅけん》でもすんの？」

「うん。私立《しりつ》の、ここから遠い……あ、あった」

雑談《ざつだん》の途中《とちゅう》で、宝が声を上げた。

ヘアピンは、ビニールハウスの中の、キュウリが植わっているそばに落ちていた。宝がほっとしたように拾い上げ、先の白い蝶々《ちょうちょう》についた土をていねいに払《はら》う。

ヘアピンがないのに気づくのも、見つけるのも、宝に先を越《こ》されちゃったな。

善太は両腕《りょううで》をぶらぶら振《ふ》りながらハウスの奥《おく》のほうまで歩いていくと、剣道で使う打ちこみ台を見つけた。土台から伸《の》びる金属《きんぞく》のパイプの先に、タイヤがたての状態《じょうたい》で固定されている。その手前には、竹刀《しない》が束になって置いてあった。

絹先生が竹刀を取っておくのは、ばらして、野菜や花の支柱《しちゅう》に再利用《さいりよう》するためだ。竹は腐《くさ》りにくくてよいのだと言っていた。善太は折れたりヒビが入ったりしている竹刀の中から、まだマシなものを二本選び出し、ハウスを出てから宝に一本持たせる。

「絹先生の竹刀はちょっと長いけど、がまんな」

「がまん?」

「ほら、面を打ってこいよ。受けてやっから」

思い切り、竹刀をぶつけ合いたい気分だった。善太は竹刀を中段《ちゅうだん》に構《かま》える。左拳《ひだりこぶし》は下腹部《かふくぶ》から拳一つ分くらい離《はな》して、剣先《けんせん》は相手ののど元へ。

「え、危《あぶ》ない」

「当たんねーって。おまえのヘボ面をおれが止められねーとでも思ってんの?」

「じゃあ、あの、またあとで」

「あとでとおばけは出たことないんだぞ」

家で母親にさんざん言われているセリフを、よどみなく言い返す。

「おまえの面打ちって、なーんか縮《ちぢ》こまって、かたい感じ。そんじゃだめだろ」

「うーん……」

「竹刀《しない》って、しなるんだからさ。おまえは剣道《けんどう》のスロー映像《えいぞう》って見たことある？　おれは絹先生に見せてもらったんだけど」

「ある。打ったときとか、ぐにゃんってなってた」

宝の言っていることは大げさではない。打った瞬間《しゅんかん》、竹刀の上部が折れるのではないかと思うほどに反ることもある。そして打突《だとつ》の衝撃《しょうげき》はうねりに変わり、剣先《けんせん》からつば元にかけて、波のように伝わっていく。

「それ見てから、おれ、竹刀の物打《ものう》ちから先をしならせるイメージで振《ふ》ってる。そうすると変な力入んないんだ。身体《からだ》も、竹刀の先も、こう、ぐーんと伸《の》びる感じがする」

善太は面を打つように、竹刀を軽く振ってみせる。

「高く、遠くまで、ばーん！　ってでっかく打てる気がするんだ。できたときは、ちょー気持ちいい」

「すごいね」

宝が感心したようにうなずく。それだけで、善太はなにかに勝ったような気分になる。

「だからほら、おまえもそういう感じで打ってみ？　おれが見てやるから」

「でも、防具《ぼうぐ》、ない。竹刀も、これ、割《わ》れが」

「いいから早く打ってみろって。打ってくるまでやめねえぞ」

善太がいらいらと急《せ》かすと、宝は情けなく眉《まゆ》を下げながらも、善太と同じく中段《ちゅうだん》に構《かま》えた。

相手と向かい合ったとき、善太は激《はげ》しい気合で自分自身を燃《も》え立《た》たせ、テンションを上げる。

もちろん、威嚇《いかく》も兼《か》ねている。宝は、善太とは逆《ぎゃく》に、しんと静まっていく。気配を消し、闘志《とうし》は見せず、透明人間《とうめいにんげん》にでもなろうとするかのように。

善太は下《した》っ腹《ぱら》に力をこめた。竹刀《しない》の先が、むき出しののど元を互《たが》いに指していて、なかなかの緊張感《きんちょうかん》だ。これがもし真剣《しんけん》だったら、どんな感じがするのだろう。

「軽くやろうぜ、軽くな。夏休みの終わりに大会あるし、けがしたらやばいから」

「大会？」

「そ。今度は個人《こじん》だけじゃなくて団体戦《だんたいせん》もあるぞ」

かつん、と竹刀をぶつけてみる。さらにぐぐっと、押《お》してみる。

でも宝は無反応《むはんのう》だ。

こっちから行くか、と善太がわずかに左足を動かしたとたん、宝は素早《すばや》く斜《なな》め後《うし》ろに下がり、間合いを切った。ちょっと打ち気を見せれば、これだ。絶好調《ぜっこうちょう》の宝センサーに、善太は舌《した》を巻《ま》いた。

竹刀の先同士が交わらない遠間《とおま》で、宝は剣先《けんせん》をぐっと下げ、こちらを警戒《けいかい》している。

善太は右足を外にすべらせ、左足を引きつけた。ビーチサンダルを履《は》いた足裏《あしうら》に、地面の感覚が遠い。宝も同じように右に動いた。

じりじり、じりじり、二人で土の上に円を描《えが》く。袴《はかま》をはいていないから、宝の足さばきがいつもよりよく見えた。静かで、スムーズ。頭も上下しない。豆腐《とうふ》をのせても落ちない気がする。

しかし。

「……おまえ、打つ気ないな?」

「う」

「待つか逃《に》げるかばっかりじゃん」

「けが、させちゃうと」

「しねえよ、止めるもん。なんだよ、おれの腕《うで》がそんなに信用できねーわけ?」

宝は無言だ。そこは黙《だま》るところじゃないだろう。

「どうなんだよっ」

善太が凄《すご》むと、宝はようやく観念したように、

「絶対《ぜったい》、止める?」

と、不安そうに尋《たず》ねた。

「おお、止める。百パー余裕《よゆう》で受け止める」

善太がそう答えても、宝は視線《しせん》を落とし、柄《つか》から剣先《けんせん》に向かって何度も手をすべらせていた。

けれど、やがて顔を上げた。

もう一度向かい合う。沈黙《ちんもく》。首筋《くびすじ》が陽《ひ》に焼かれて熱い。

背中《せなか》にすべり落ちる汗《あせ》を、三つ、数える。

まだかよお。

がまんできずに善太が身じろぎしたとき、宝がわずかにあごを上げ、来た。

ぐんと、宝が一気に近くなる。向かってくる竹刀《しない》に対し、善太は手元を上げる。顔の前で、宝の攻撃《こうげき》を悠々《ゆうゆう》と受け止めた。

止めた、と思った。

衝撃《しょうげき》がこない。

状況《じょうきょう》を理解《りかい》するよりも先に、風が鳴った。宝の身体《からだ》が善太の左に向かう。その剣先《けんせん》が流れるように下がる。殺気が先に飛んできた。打たれる。善太は息を止めた。

痛《いた》くなかった。

宝の竹刀は、善太の右《みぎ》わき腹《ばら》から数センチのところで止まっていた。

ゆっくり、息を吐《は》く。一拍遅《いっぱくおく》れて、どどっ、と心臓《しんぞう》が短く跳《は》ねた。

面から胴《どう》、二段《にだん》の技《わざ》。どちらも寸止《すんど》め。

なににも覆《おお》われていない腹が、ひやりと冷たくなる。

『面が苦手でも、胴《どう》できみに勝てる』

宝の竹刀《しない》がそう言った気がして、善太は宝をにらんだ。

「どういうつもりだよ」

当の本人は竹刀を納《おさ》めて逃《に》げるように下がると、しどろもどろに答えた。

「え、エア、剣道《けんどう》……」

「そんなもんはねえよっ」

びっくりして、びっくりしたことに気づかれたくなくて、声が大きくなる。

「もう一回。今度はおれも打つ」

足を振《ふ》ってビーチサンダルを脱《ぬ》ぎ捨《す》てた。このまま、おどろかされたままで終われなかった。

前にも思ったけれど、宝の動きはやっぱり、なにかに似《に》ている。

静かで自分からはほとんど攻《せ》めない。打ち気も見せない。存在感《そんざいかん》もろくにない。と思えば一転、瞬時《しゅんじ》に斬《き》りかかってくる。

なにもない空間からいきなり現《あらわ》れた敵《てき》に、攻めかかられるみたいだった。

「でも、もし、けがさせちゃったら」

宝は繰《く》り返《かえ》し首を振《ふ》る。だからしねえって、と言いかけて、善太は止まった。

こいつ、さっきから、けが「させちゃったら」って言ってる。

自分が打たれて、けが「する」ことは考えてないのか？

おれに打たれる気は、最初からない、ってこと？

頭の後ろが引きしぼられるようにしびれた。周囲の音が遠のき、強烈《きょうれつ》な日差しの下から屋内に入ったときのように目の前が暗くなる。

くやしい。

おれのほうが、先に剣道《けんどう》習ってるのに。そのぶん、稽古《けいこ》だって試合だって多く重ねてきてるのに。

自分が上ってきた階段《かいだん》を、宝は数段飛ばしにかけ上がってしまうのか。

柄《つか》をきつく握《にぎ》りしめたとき、

「お昼の準備《じゅんび》ができたよー」

あげはの声が伸《の》びやかに響《ひび》いた。

「メニューは、夏野菜カレーそうめんと、とうもろこしの天ぷらー」

生まれかけた緊張感《きんちょうかん》が、ぱっと散った。さっきまであったのどかな真夏の風景が、善太の周りに戻《もど》ってくる。

善太は躍《おど》り上《あ》がった。

「ひょおー、うまそう！」

「家に上がる前に、外の水道で手と足洗《あら》ってね」

拳《こぶし》を振《ふ》り回《まわ》してあげはに応《こた》え、いそいそと水道に向かおうとすると、小さく背中《せなか》を叩《たた》かれる。

「あの、これ」

宝はヘアピンをのせた左手を、善太に差し出した。

「水原さんに、渡《わた》して」

「え？　おまえが見つけたんだから、おまえが渡せばいいじゃん」

宝ははっきりと首を横に振った。

「阿久津くん、渡して」

「なんだよ、しょうがねーなあ」

機嫌《きげん》よく宝の手からヘアピンを受け取って、はっとした。

今、ちらりと見えた宝の左の手のひら。黄色っぽく変色している古い豆の跡《あと》の上に、新しい豆ができてつぶれ、赤く重なっていた。それが、いくつも。

竹刀《しない》を正しく握《にぎ》れていれば、豆は左手にできる。善太は身体《からだ》の横で、こっそり自分の左手を握ってみた。指先が触《ふ》れるとほかの皮膚《ひふ》よりかたいところ、宝と同じ跡は、自分にもある。でも宝ほど数はない。稽古《けいこ》熱心なあげはの手だって、あれほどボロボロになったことはないはずだ。

もし、宝に剣道《けんどう》の才能《さいのう》が多少なりともあったとして。それでさらに努力までされてしまったら。今は差がなくても、これからどんどん、善太よりも強くなってしまったら……。

胸《むね》の中の一点が、こげるように熱くなる。そのとき、ぐきゅるるー、と間《ま》の抜《ぬ》けた音がした。

善太ではない。宝の腹《はら》の虫《むし》だ。

「もう中に入って、昼、食おうぜ」

家に向かってあごをしゃくると、宝はこっくりとうなずいた。

「おまえ、給食は残すけど、おれんち来たときはよく食ってたよな」

「うん。早くは食べられないけど、ゆっくりなら、いっぱい食べられる」

宝がなぜか誇《ほこ》らしげに言う。変なやつ。善太はなんだか安心して、笑った。

「あっそ」


くすのきの稽古《けいこ》は夏休み中も変わらず行われているけれど、お盆《ぼん》の期間を含《ふく》めた一週間は、毎年休みになる。

休み直前の稽古の日、善太がいつものように宝の家におじゃまするると、宝はめずらしくテレビにくぎ付けになっていた。見ているのは朝のニュースだ。今夜から明日未明にかけて、ペルセウス座《ざ》流星群《りゅうせいぐん》の活動が極大《きょくだい》を迎《むか》えると、アナウンサーが伝えている。

「毎年お盆近くになると聞くな、流星群。見たことあんの？」

善太は宝の隣《となり》に座《すわ》って尋《たず》ねた。

「見ようとした。けど、あんまり見えなかった」

宝はテレビから目を離《はな》さずに答えた。

「前に住んでたところは、夜でも明るかった。高い建物とかもいっぱいあった。だから公園で見ようとしたんだけど、公園も白い明かりがたくさんついてた。どこに行っても見づらかった」

それを聞いて納得《なっとく》する。宝は都会っ子だった。善太がそこらへんでつかまえてきたカブトムシを見て、「すごい。どこで買ったの?」と尋ねるようなやつだ。

「今夜、見に連れてってやろうか?」

「えっ?」

「おれんちのすぐ近くに、よく見える場所があるんだよ」

宝はすぐに答えない。興味《きょうみ》があるんじゃなかったのか。しばらくしてから、宝は父親の顔色をうかがうように、ちらりと見た。

「うん。友だちと天体観測《てんたいかんそく》なんて、すばらしいじゃないか。あっ、今から急いで店に行って、いい望遠鏡を買ってきてやろうか。このへんだとどこに売ってるのかな、ちょっと検索《けんさく》を」

「や、そんなん使うと、逆《ぎゃく》に見えなくなるんで」

今にも車を飛ばして店に行きそうな宝の父親を、善太は笑って止めた。

「流れ星って、どこに流れるか直前までわかんないし、視界《しかい》が狭《せま》くなっちゃうと気づけないから。いらないっす」

「そうか。高性能《こうせいのう》のものだと、また見え方がちがって、楽しいかと思ったんだけど……」

「彗星《すいせい》とか見る分にはいいと思うんで、そんときは超《ちょう》いいやつ、お願いしまーす」

「ああ、いいとも」

宝の父親はうなずいて親指を立てた。見た目は若《わか》いのに、しぐさは古い。

テーブルの上のジュースに伸《の》ばした宝の手が、宙《ちゅう》で止まる。

「でも、二人とも遅《おそ》くなりすぎないようにな。うーん、私《わたし》もついていこうか」

「あっ、うちの父ちゃんか母ちゃんにいっしょに来てもらうんで、平気でーす」

うそだった。大人がついてきてしまうと、夜に出歩くわくわく感が薄《うす》れる。

「それなら安心だな。でも防犯《ぼうはん》ブザーはちゃんと持っていくんだぞ。懐中電灯《かいちゅうでんとう》とスマホもな」

「えっ、宝ってもうスマホ持ってんの？」

「キッズスマホだよ。でもふだんは私が管理していて、必要なときだけ宝に渡《わた》してるんだ。パソコンやタブレットも親のいないところでは使わせない。ネットは危《あぶ》ないことも多いからね」

宝をさえぎるようにして、父親がしゃべる。

「ところで阿久津くんは、防犯ブザーを持ってるかい？」

「あー、なんか入学したときもらったけど、壊《こわ》れて捨《す》てました」

「ええっ、それはいけない。じゃあうちにある予備《よび》をあげよう。電池が切れてないか確《たし》かめるから、ちょっと待っていなさい」

父親は急いで部屋を出ていく。出かけるのは夜だから今じゃなくてもいいのに。

「ごめんなさいね、うるさくて」

宝の母親が困《こま》ったような笑顔《えがお》で言う。ううん、と善太は首を振《ふ》った。

子どもの遊びにもあんなガチになるなんて、おもしろい父ちゃんだ。

きっと、仕事ヒマなんだなあ。


夜、宝は空を見上げ、うひょーと、ひょえーが混《ま》じったような声を上げた。

「なんにもない」

善太の家の裏手《うらて》からしばらく進んだ先に、一面に田んぼが広がる場所がある。周りに高い建物はなく、民家からも離《はな》れていて、電線もじゃまをしない。自分がいちばん空に近くなる場所で見る星は、ほかで見るよりもぐっと近くに感じられる。

善太はスポーツウォッチのバックライトを点《つ》け、時間を確認《かくにん》する。現在《げんざい》、午後九時半。

流星を観測《かんそく》するならもっと遅《おそ》い時間のほうが本当はいいのだけれど、宝の父親に釘《くぎ》を刺《さ》されているから、仕方ない。

「あの、阿久津くんのお父さんか、お母さんは？」

「来るわけないじゃん。うそだよ、うそ」

「えっ」

「だってこういうの、子どもだけでやんないと楽しくないじゃん」

ほー、と感心したように息を吐《は》くと、宝は何度もうなずいた。

「おまえの父ちゃん、おもしろいよな。なんか、やたら一生懸命《いっしょうけんめい》なカンジで。ふだんなにやってる人？」

尋《たず》ねると、しばらく間が空いた。

「銀行の人。だから転勤《てんきん》が多い。去年、副支店長《ふくしてんちょう》になった」

「へえ」

「なんでも、ぼくより一生懸命になる人」

「うっぜー。おれだったら絶対《ぜったい》けんかするな」

善太の笑い声だけが夜を震《ふる》わせた。

「けんか？　するの？　お父さんと？」

「そりゃするだろ」

「阿久津くんは、お父さん、好き？」

「ふつう。けんかしてるときは、いなくなれってマジで思うけど」

懐中電灯《かいちゅうでんとう》で足元を照らしながら、田んぼの真ん中を突《つ》っ切《き》るように伸《の》びているあぜ道をゆっくり歩く。土がでこぼこしていて、何度か宝がつまずいた。

「おい、上見るのもいいけど足元気をつけろよ。コケんぞ」

「うん」

返事をするそばから、宝がよろめく。

「おまえなあ。へび踏《ふ》んでも知らねえぞ。このへん、でっかいのいるからな」

「へび？　おっきいの？　オルゴイコルコイみたいなやつ？」

怖《こわ》がらせるつもりだったのに、宝はうれしそうにくいついてきた。

「オル……なんだって？」

「オルゴイコルコイ。別名モンゴリアンデスワーム。すごくおっきいミミズ。赤くて、電気とか毒とか出す」

「きっも。そんな生き物いんの？」

「わかんない。ＵＭＡ《ユーマ》だから」

「ビビりのくせにそういうのは怖くねえの？」

「怖《こわ》くない。人のほうが怖い」

「は。意味わかんねー」

善太が首を振《ふ》って足を速めると、宝も追いついてきて尋《たず》ねた。

「阿久津くんは、なにが好き?」

「なにって、おれはふつうの動物が好きだよ」

「あっ、じゃあ、ニンゲンっていうUMA《ユーマ》がいるんだけど」

「ふ・つ・う・の!」

善太は口をゆがめた。宝はどうしてそういうわけのわからないものを、信じてしまえるんだろう。

そんなやつだから、善太のあのうそも、まったく疑《うたが》わないのだろうか。

あぜ道の途中《とちゅう》で立ち止まり、懐中電灯《かいちゅうでんとう》を消して、改めて夜空を見上げる。何年か前に遠足で訪《おとず》れたプラネタリウムの暗闇《くらやみ》を思い出したけれど、本物の夜はそれよりもずっと濃《こ》くて深い。しばらくその姿勢《しせい》でいると、自分が空を見上げているのか、自分が上から空を見下ろしているのか、わからなくなってくる。

「すごい。こんなに見えてすごい。夏休みの自由研究に使える」

「このへんに住んでるだいたいのやつが、六年間で一回はネタにする」

「あ、遅《おそ》い流れ星」

「それ衛星《えいせい》じゃね？」

だんだん目が慣《な》れてきた。一か所を凝視《ぎょうし》せずに空全体をなんとなく見渡《みわた》せば、細い光の筋《すじ》が自然と目に入ってくる。剣道《けんどう》には『遠山《えんざん》の目付《めつけ》』という目の動きがあって、相手のどこか一か所に注目するのではなく、はるか彼方《かなた》の遠い山を見るように相手の全体を見るのだけれど、それと感覚が似《に》ている。

「すごい。すごいね」

熱っぽく、宝がすごいと繰《く》り返《かえ》す。こいつもう百回くらいすごいって言ってんじゃねーの、と思ったけれど、自分の生まれた場所をほめられるのは、悪くない。

「こんなん、全然たいしたことないし。冬のほうがすごい。条件《じょうけん》がよければ、これよりもーっと見えるんだからな」

「見たい！」

「おー、見ようぜ」

軽く答えたそのとき、一つの星が流れる途中《とちゅう》で激《はげ》しく輝《かがや》きを増《ま》し、すうっと尾《お》を引くようにして消えていった。

思わず、おおー、と二人そろって声を上げて、気づいた。

宝と竹刀《しない》を持って向き合うたび、その動きがなにかに似《に》ていると思ってきたけれど、そうだ、これだ。

音も気配もなく突然《とつぜん》現《あらわ》れ、一息に夜空をかけて消える。静から動への、一瞬《いっしゅん》の移《うつ》り変《か》わり。

宝の剣《けん》は、流星に似ている。

「あっ、今のも、大きかった」

宝があぜ道を走り出す。別に、移動《いどう》しなくても見えるのに。善太は大きく伸《の》びをした。星はきれいだけれど、自分からは遠すぎて、それほど興味《きょうみ》を持てない。空を見上げる首もだんだんだるくなってくる。

「なー、まだ見んの？」

「まだーっ」

善太は近くの田んぼの、コンクリート製《せい》の乗り入れ口に腰《こし》を下ろした。トラクターやコンバインなどの農業機械は、ここを通って田んぼに出入りする。

あぐらをかき、上半身をゆらゆら揺《ゆ》らす。地面に近くなったぶん、カエルやら鈴虫《すずむし》の鳴き声が大きく聞こえる。そっくり返って夜の空気を大きく吸《す》いこむと、宝のはしゃいだ声が星といっしょに降《ふ》ってくる。

「知ってっか？　冬になると、このへんまで電車の音が聞こえてくんだぜ」

「電車ー？　近くに駅も線路もないのに？」

「うん。特に朝早くと夜。おまえならよく聞こえんじゃねーの」

ほかの人にはわからないような音でも、宝の耳は拾いそうだ。今だって、星が流れる音を、宝だけは聞いているかもしれない。

すごいねー、とまた宝が言った。

「その返し、もう飽《あ》きましたー」

善太は脱力《だつりょく》した。宝はまだなにかさわいでいるけれど、善太はめんどうになって目を閉《と》じた。

あいつ、すげーいい顔して笑ってんだろうな。

暗くてよく見えないけれど、きっと。

三

どうしよう。やだなあ。どうしよう。

夏休み終盤《しゅうばん》。宝は剣道《けんどう》着《ぎ》の上からお腹《なか》をさすり、生つばを何度も飲みこんだ。心配しているのは宿題のことなんかじゃない。毎日つけなければならない日記以外は、すでに全部かたづいている。

宝はきょろきょろと周りの様子をうかがった。試合前の話し合いをしている集団《しゅうだん》や、身体《からだ》を動かしている選手たちが、みんな強そうに見えてしまって仕方がない。いや、実際《じっさい》、自分よりは強いにちがいない。

今日これから行われるのは、宝がくすのき剣道《けんどう》クラブに入って初めて挑《いど》む、団体戦《だんたいせん》だ。ぼくの負けがチームの負けを決める、もしそんな状況《じょうきょう》になったら、どうしよう。

「初《しょ》っ端《ぱな》から、飛燕剣道会《ひえんけんどうかい》が相手だもんなー」

ミーティング中、善太がトーナメント表を指で弾《はじ》いた。

「強い？」

「強い。街にあるでかい道場でさ、結構《けっこう》有名だよ。つーか、市大会の準々決勝《じゅんじゅんけっしょう》でおまえが負けた相手、飛燕のやつだぞ。覚えてないのかよ」

「ええっ」

「ツイてないぜ」

「強い相手と戦えることを不運に思うようでは、勝てませんよ」

絹先生がぴしりと注意する。それを聞いたメンバー全員が、打たれたように姿勢《しせい》を正した。

五人制《せい》の団体戦は、三人勝てばチームの勝利が決まり、勝者数が同数の場合は獲得《かくとく》本数の勝負になる。今回の大会はオーダーに学年制限《がくねんせいげん》を設《もう》けていて、先鋒《せんぽう》が三年生以下、次鋒《じほう》が四年生以下、中堅《ちゅうけん》が五年生以下、副将《ふくしょう》と大将《たいしょう》が六年生以下と定められていた。ほかの大会では、『メンバーに女子を一名以上加えること』という条件《じょうけん》がつけ足される場合もある。試合時間は三分の三本勝負。延長戦《えんちょうせん》まで戦っても勝負がつかない場合、引き分けだ。

絹先生がみんなの前で改めてオーダーを発表する。

「先鋒《せんぽう》、高遠優斗《たかとおゆうと》くん。次鋒《じほう》、高遠雅斗《まさと》くん」

先鋒と次鋒には三年生の男子が指名される。二人は双子《ふたご》の兄弟剣士《けんし》だ。

「中堅、水原あげはちゃん。副将、蓮見宝くん。大将、阿久津善太くん」

「あっ、おれ？　おれが大将？　いや、おれしかいねえとは思ってたけど、やっぱ大将？」

そわそわした様子で声を上げた善太に、「そうです」と絹先生がうなずく。

「善太うるさい。落ち着いて」

あげはが口をへの字にした。自分が大将ではなかったことがくやしいのかもしれない。善太は頭をかくと、威勢《いせい》よく雅斗のほうを指差した。

「よっし。まずは先鋒の優斗が勝って、勢《いきお》いつけろよ」

「オレ雅斗だよ」「面つけてないのにまちがえんなよっ」

優斗と雅斗が同時に反応《はんのう》する。二人は顔も声もそっくりのうえ、背格好《せかっこう》も剣道の実力もほぼ同じ。垂《たれ》につける名前も『高遠』と同じ。面をつけた状態《じょうたい》の二人を見分けるのはなかなかの難易度《なんいど》で、宝と絹先生以外のメンバーはたまにまちがえている。善太は面のあるなしにかかわらずよくまちがえる。

笑い声の中、どうか勝ってください、と宝は優斗に念を送った。

チームによってはここにいちばん強い選手を当てるくらい、先鋒《せんぽう》の役割《やくわり》は大きい。最初の勝ち星はチームを確実《かくじつ》に勢《いきお》いづかせるし、たとえ負けるにしても、仲間の士気を下げないような戦いざまを見せなければならない。

次鋒《じほう》の雅斗の相手は年上の可能性《かのうせい》がある。勝つのは少し厳《きび》しいかもしれない。でも、中堅《ちゅうけん》には安定した実力のあるあげはが控《ひか》えている。

優斗とあげは、そして大将《たいしょう》の善太が勝ってくれれば、くすのき剣道《けんどう》クラブの勝利だ。

絹先生が試合に出るメンバー一人一人にていねいなアドバイスを伝えている。とりあえず自分も、絹先生に言われたとおり戦おう。そうすればたとえ負けても、ひどく責《せ》められはしないだろう。

「宝くん」

「はい」

「宝くんは始めの合図がかかったら、自分から大きな声を出して、相手より先に打ちかかってごらんなさい」

初心者の子にかけるような言葉に、一瞬《いっしゅん》、返事をためらう。それでもどうにかうなずくと、

「次、善太くん」

あれっ？

やる気いっぱいの返事をする善太の隣《となり》で、宝はぽかんと口を開けた。

ぼくへのアドバイス、あれだけ？


試合は、市民体育館の中にある武道場《ぶどうじょう》で行われる。そこから廊下《ろうか》をはさんで向かい側、畳敷《たたみじ》きの柔道場《じゅうどうじょう》が、控《ひか》え室《しつ》として開放されていた。ミーティングを終えた宝は、選手とその保護者《ほごしゃ》で混《こ》み合《あ》う中をすり抜《ぬ》け、一人で隅《すみ》っこに座《すわ》った。

絹先生は、なんであれだけしか言わなかったのかな。

うつむいて、両手で目の横を覆《おお》う。そのまましばらくじっとしていると、ざわめきの中に近づいてくる軽い足音が聞こえた。

「宝くん、大丈夫《だいじょうぶ》？」

ひょい、と下から顔が現《あらわ》れ、思わずのけぞる。

「あっ、おどろかせてごめんね。具合悪いのかな、と思って」

あげはが宝の隣に座る。ばくばくしている胸《むね》を押《お》さえ、宝は首を振《ふ》った。

「緊張《きんちょう》、してるだけ。試合、苦手で」

試合場の外から注がれる様々な視線《しせん》も、試合相手から飛んでくる激《はげ》しい殺気も怖《こわ》い。でもなにより苦手なのは、勝利という結果を周りから求められることだ。

勝てなくても、技《わざ》をうまく出せたり受けられたりすれば、自分はそれで満足なのに。

「怖いときこそ、自分から攻《せ》めていきなさいって、前に絹先生が言ってたよ。ね、がんばろ？宝くんなら、きっと勝てるよ」

そう言われても。無理だよ。うなだれ、両手を顔の横まで上げかけて、あわてて下ろす。

「宝くんって、たまにそうやって目かくしするね。まぶしい？」

あげはが先ほどの宝と同じように、両手を左右の目尻《めじり》に添《そ》える。

「ううん。落ち着くから」

「落ち着く？」

「面をつけてるみたいで」

視界《しかい》が手にさえぎられて狭《せば》まり、影《かげ》で少し暗くなる。面をつけている状態《じょうたい》に近くなって、安心するのだ。そのぶん集中もしやすくなる。

「宝くんは面かあ。わたしは、このへアピンかな。つけると落ち着くし、『よし』って気合が入るの。剣道《けんどう》やるときは外さないといけないけどね」

あげはが左耳の上の、あの蝶々《ちょうちょう》のヘアピンを指す。絹先生の畑で落としたそれを善太が渡《わた》すと、あげはは飛び上がり、何度もお礼を言った。見つけられてよかったと、宝は善太のかげでほっとした。

「わたしね、自分の名前苦手だったんだ。きらいじゃないけど、ちょっとかわいすぎっていうか、わたしには似合《にあ》わないかなーって。きらきらネームだって男子に何回もからかわれたし、それですっごいけんかしたこともある」

眉《まゆ》を寄《よ》せてヘアピンを一本外し、先端《せんたん》の蝶を見つめる。宝は突然《とつぜん》始まった名前の話にとまどいつつ、うなずいた。どんな理由でも、自分の名前をからかわれるのは悲しい。

「でね、そのことを善太に話したら、『きらきらしてる、すげーいい名前ってことだろ？　なんで怒《おこ》んだよ』って言われたの。善太、きらきらネームの意味わかってなかったんだよね」

あげはは声を出して笑い、宝もつられた。それはすごく、善太らしい。

「でも、その考え方、いいなって思った。きらきらって、本当はきれいな言葉だもんね。だから決めたの。『あげは』ってきらきらの名前が、ちゃんと似合う自分になるって。それから使い始めたんだ、このヘアピン」

「すごい」

「名前負けしてる」と言われて怒ることもできず、そうかも、とあっさり受け入れてしまった自分とは、なんというちがいだろう。

すっかり感心する宝の前で、「善太にはないしょね」とあげはが人差し指を立てる。その指先がかすかに震《ふる》えていることに、今気づいた。

もしかして、あげはも緊張《きんちょう》しているのか。

それでも、宝を心配して、こうしてそばに来てくれたのか。

「あ、あの」

「宝くんもすごいよ」

あげはは立ち上がると、宝を見つめ、はにかんだように笑った。

「面をつけたときとか、抜《ぬ》き胴《どう》決めたときとか、きらきらだよ」

きらきら？

おどろく宝に小さく手を振《ふ》り、あげはは控《ひか》え室《しつ》を出ていく。その姿《すがた》が見えなくなったとたん、宝の頭の中に四方八方から星が降《ふ》った。

な、なんか、ますます緊張してきた。

一人でどぎまぎしていると、あげはと入れちがいに善太が大股《おおまた》で歩いてくる。

「おれらの出番、そろそろだぞ。準備《じゅんび》しとこーぜ」

「うん」

「しっかし、あちーよなあ。……あっ」

早くも顔に大量の汗《あせ》をかいている善太が、短く声を上げた。

「やべ、ワセリン塗《ぬ》ってくんの忘《わす》れた」

「ワセリン？　どこに塗るの？」

「どこって、こすれて赤くなるとこだよ。夏はひどくなるんだよな。太ももの内側とか、タマの裏《うら》とか」

「タマ⁉」

「え、おまえ、こすれねえ？」

「こすれない。それ、痛《いた》い？」

「……ま、男の苦しみだよな」

善太が神妙《しんみょう》に答える。宝は深くうなずいた。お風呂《ふろ》に入ったときのひりひりを想像《そうぞう》してしまい、ひざ頭《がしら》が内を向く。

「マタずれとタマずれって、なんかウケるな。いてーけど」

「こ、声が大きいよ。やめなよ。ふふ」

止めながら、つい笑ってしまう。

「またまたー、笑ってるくせにー」

「わざと、言わないで。ふふふ」

「え？　なんのこと？　たまたまだよー」

「ふふふふ」

善太がしつこく繰《く》り返《かえ》し、二人とも笑い転げた。周りから不審《ふしん》げな視線《しせん》を向けられても止まらない。しばらくして呼吸《こきゅう》がようやく整うと、善太は平手で宝の背中《せなか》をばしんと叩《たた》いた。痛《いた》い。

「よし、行くか」

「うん」

「うち、今までの団体戦《だんたいせん》は初戦負けばっかでさ。でも今日はイケる。絶対《ぜったい》イケる。おれ、マジで楽しみにしてたんだ」

「どうして？」

善太は控《ひか》え室《しつ》の外を指差した。次に善太自身を、最後に宝を。

「あげはがいるし、おれもいる。おまえもいる」

そう言って、にいっと歯を見せる。

「理由なんて、そんで十分じゃん」

しかし、迎《むか》えた初戦はくすのきの黒星発進となった。

先鋒《せんぽう》の優斗は先に一本取ったものの、そのあと相手に二本取り返されてしまった。続く次鋒戦《じほうせん》も、雅斗が〇－一で敗北。くすのきは早くもがけっぷちに立たされ、副将《ふくしょう》・大将《たいしょう》につなげられるか、それともここで終わるかが、中堅《ちゅうけん》の試合に託《たく》された。

あげはが左手で竹刀《しない》を持ち、すっくと立ち上がった。

「勝ってくる」

「おう、がんばれよ！」

善太に続き、「がんばれ」と宝も小声で応援《おうえん》する。その胸《むね》の中に、するりと影《かげ》が入りこむ。

もしこれであげはも負ければ、くすのき剣道《けんどう》クラブの敗北が確定《かくてい》する。

宝が、戦う前に。

「あーあ、負けちゃった」

試合を終えた雅斗が宝の隣《となり》に座《すわ》る。「負けちゃったな」と優斗も下唇《したくちびる》をかんだ。

「ちょっと、緊張《きんちょう》したんだよ」

「ほんとだったら、もっとやれるんだよ」

二人がそろって訴《うった》えるように宝を見る。

「うん」

「……ほんとだよ」

「……うそじゃないよ」

「うん」

二人の声のトーンが落ちる。うなずくだけじゃだめだ。どうにか安心させ、励《はげ》ましてあげなければ。宝は悩《なや》みながら口を開いた。

「水原さんが、勝ってくれる。阿久津くんもいる。だから、また試合、できるよ」

「宝は？」

「え」

「宝は勝つ？」

すでにつけ終わっている面の中で、ひたいにじわりと汗《あせ》がにじむ。宝はぎこちなくうなずくと、息を殺して、あげはのいる試合場を見つめた。

あげはは試合開始早々に引き面を決め、一本先取した。つばぜり合いの最中のように相手と近い間合いから、後ろに下がりつつ打つこの引《ひ》き技《わざ》は、あげはの得意技だ。

しかし、一本先行しているにもかかわらず、あげはは時間がたつにつれてあせりを見せ始めた。やたらと相手の打ち間に踏《ふ》みこんで、危《あぶ》ない場面が何度もあった。ふだんのあげはなら、あんな戦い方はしない。

「よくばってるな」

「え？」

「あげは、二本勝ち狙《ねら》ってる」

善太がつぶやくのとほぼ同時に、小手《こて》への攻《せ》めに反応《はんのう》して手元を下げたあげはが、ぱあん、と面を打たれた。

終了間際《しゅうりょうまぎわ》、相手に一本取り返されてしまったあげはは、延長《えんちょう》になっても、相手から再度《さいど》一本を奪《うば》うことはできなかった。

……この、状況《じょうきょう》は。指先が一気に冷たくなる。先鋒《せんぽう》も次鋒《じほう》も敗北し、中堅戦《ちゅうけんせん》は、一－一の引き分け。宝はもう、負けどころか引き分けさえ許《ゆる》されない。

「ふふ」

背後《はいご》で、小さな笑い声がした。ぎょっとして振《ふ》り向《む》いた宝に、絹先生はゆっくりと、試合場を手で示《しめ》した。いつもの、お地蔵様《じぞうさま》のほほ笑《え》みを浮《う》かべて。

「さあ宝くん、いってらっしゃい」

ひぇっ。大きい。

向かい側に立つ相手チームの副将《ふくしょう》を見て、宝の首の後ろが震《ふる》えた。

上背《うわぜい》も横幅《よこはば》も、とにかく大きい。もしかしたら善太より大きいかもしれない。まるで目の前に山がそびえているみたいだ。立っているだけで強そうに見えて、いいな。

「たから〜、がんばれ〜」「宝ーっ！」「勝てーっ」

きっとビデオカメラを構《かま》えているだろう母親ののんびりした声に、メンバーの声援《せいえん》が重なる。

父親は、今日は仕事があって来ていない。

礼をして互《たが》いに三歩進み、試合場中央の開始線で蹲踞《そんきょ》する。

「始めっ」

主審《しゅしん》の声でお互いに素早《すばや》く立ち上がる。

熊《くま》ならまだしも、山を相手にどう戦えばいいんだろう。竹刀《しない》が迷《まよ》う。大きな声を出して、自分から打ちに？　でも向こうが狙《ねら》いやすいのは、まちがいなく宝の面だ。

下手に踏《ふ》みこめば、割《わ》られる。

「んぎゃあああっ」

相手がすさまじい雄叫《おたけ》びを上げる。山ではなく、口から炎《ほのお》を吐《は》く怪獣《かいじゅう》だ。『おれのほうが強い』と主張《しゅちょう》している。そのとおりです。宝はすくみあがった。

「めええっ」

床《ゆか》が激《はげ》しく鳴る。まばたきしたあとにはもう怪獣が目の前だ。落ちてくる竹刀を顔の前で受け止めると、両腕《りょううで》がびいんとしびれた。

「めっ、めええーっ」

続く面の三連撃《れんげき》。下がりながら防《ふせ》ぐ。打ちが重い。最後の一撃のあと、下からかち上げるように、どおん、と体当たりされる。

わっ。

足が浮《う》き、宝は試合場の外へふっ飛ばされた。とっさにあごを引いて後頭部をかばい、近くで見ていた観客の中へ背中《せなか》から落ちた。

天井《てんじょう》が揺《ゆ》れている。どっ、どっ、と警鐘《けいしょう》のように心臓《しんぞう》が鳴った。

場外で宝の反則《はんそく》一回。すみません、と周りの人へ小声で謝《あやま》り、急いで試合場の中へ戻《もど》る。

「始めっ」

試合再開《しあいさいかい》。中段《ちゅうだん》に構《かま》えた竹刀《しない》の先を、動かすのが怖《こわ》い。でも怪獣《かいじゅう》はすぐに打ちかかってくる。力に力ではぶつかれない。宝は右にするりと身体《からだ》をさばいた。体当たりを受け流して、その場から腕《うで》を伸《の》ばす。

「メーン」

ぱこっ、と怪獣の左面を打って腕を上げ、素早《すばや》く後ろに下がる。浅かったか。審判《しんぱん》の旗は上がらない。

怪獣がゆらりとこっちを向いた。激《はげ》しい殺気をほとばしらせ、宝に迫《せま》る。

「こてえええ」

小手《こて》、面、面。胴《どう》。面、面、面。怪獣《かいじゅう》がはちゃめちゃに打ちこんでくる。剣道《けんどう》を始めたばかりの人が、やけを起こしたかのような攻《せ》め。宝からの反撃《はんげき》なんて怖《こわ》くもないのか。その大きな足が、どすんと宝の右足を踏《ふ》んだ。

「ふっ……！」

のどの奥《おく》から悲鳴が飛び出しそうになったとき、手元に相手の拳《こぶし》がぶつかってきた。痛《いた》がる間もなくつばぜり合いになる。怪獣の息が届《とど》くほどの至近距離《しきんきょり》。上からかけられる圧力《あつりょく》で足が床《ゆか》にめりこみそうだ。左わきを締《し》め、必死で押《お》し返《かえ》す。怪獣のバランスを崩《くず》して、引《ひ》き技《わざ》でいったん逃《に》げたい。

怪獣の荒《あら》い呼吸《こきゅう》が、止まった。

来る。

どん、と強く拳を押された。身体《からだ》の芯《しん》がぶれ、少し浮《う》かせていた左足のかかとがべたりと床につく。降《ふ》ってきた竹刀《しない》を、首をねじってどうにか避《よ》けると、左肩《ひだりかた》に熱が弾《はじ》けた。指先にまで痛みが走る。歯を食いしばる。ここで竹刀を落とせば、宝の反則《はんそく》二回で怪獣の一本になってしまう。

宝の面に当たっていないのに、怪獣は両手で竹刀を高々と上げたまま、跳《は》ねるように下がっていった。一本の猛《もう》アピールだ。

一本がほしいのは、宝も同じ。す、す、と薄氷《はくひょう》の上をすべるようにして移動《いどう》し、小さく竹刀《しない》を振《ふ》る。

「コテっ」

怪獣《かいじゅう》の小手《こて》に届《とど》く前に、ぱん、と上に弾《はじ》かれた。手元が浮《う》く。空中で、怪獣の竹刀がくるりと軌道《きどう》を変えた。

「どおおおお」

胴《どう》ではなくわきの下を、怪獣の太いしっぽでなぎ払《はら》われる。鈍《にぶ》い音。骨《ほね》まで響《ひび》く衝撃《しょうげき》に、吸《す》った息が、吐《は》けない。

そのあとも、怪獣は何度も宝の防具《ぼうぐ》のないところを打ち続けた。故意《こい》ではないとわかるけれど、それでも痛《いた》みは身体《からだ》に残って、ますます動きを鈍らせる。

……だめだ。怖《こわ》い。戦いを長引かせていい相手じゃなかった。

剣士《けんし》には二種類の人間がいる。打たれた痛みで奮《ふる》い立《た》つ人と、立ちすくむ人。

宝は後者。怪獣は剣士というより、竹刀を握《にぎ》った力士《りきし》かレスラーだ。技《わざ》できれいに一本を取れなくても、その圧倒的《あっとうてき》な力で相手を叩《たた》きつぶせる。

宝は攻撃《こうげき》をしのぎつつ遠間《とおま》に逃《に》げた。時間はあとどれくらいだろう。たぶんそんなに残っていない。延長《えんちょう》になっても与《あた》えられるのは一分間。

どんどん大きく見えてきた怪獣《かいじゅう》が、不意に手を上げた。「手ぬぐいがずれました」と、主審《しゅしん》に試合の中断《ちゅうだん》を求める。

試合場の境界線《きょうかいせん》まで下がり、怪獣が手ぬぐいを直すのを正座《せいざ》して待ちながら、宝は観客のほうに目をやった。来ていないはずの父親の、宝以上に落胆《らくたん》した顔が見えた気がして、うろうろさまよわせた視線《しせん》の先に、絹先生がいた。

負けが近い状況《じょうきょう》でも、いつもと変わらずほほ笑《え》んで、宝のことを見つめている。

『始めの合図がかかったら、自分から大きな声を出して、相手より先に打ちかかってごらんなさい』

もう遅《おそ》い。もらったアドバイスは実行できず、きっとこのまま怪獣のペースで終わる。絹先生の視線から逃《に》げるように、宝は正面を向いた。

開始線を見やって、はたと気づく。

遅くない。

だって始めの合図は、試合開始のときだけにかかるんじゃない。

反則《はんそく》や、転倒《てんとう》や、さっきの怪獣のような予期せぬハプニングで試合が一時中断したときは、選手は開始線に戻《もど》り、主審の『始め』で試合を再開《さいかい》する。

今回のような三本勝負なら、どちらかが一本取ったあとはそのつど仕切り直して、『二本目』、その次は『勝負』と声がかかって両者が動き出す。これらも、始めの合図だ。

戦いの流れが相手にあっても、その流れが止まる機会が、剣道《けんどう》にはある。

そこでうまく主導権《しゅどうけん》を取《と》り戻《もど》せれば、流れはまだ、変えられる？

宝はもう一度、試合場の外を見た。メンバーたちは真剣《しんけん》な顔つきで試合再開《しあいさいかい》を待っている。優斗も雅斗も、面をつけていて表情《ひょうじょう》がわからない善太とあげはも、きっとあきらめないで待っている。

……いやだな。

手ぬぐいを直し終えた怪獣《かいじゅう》が動き出した。

宝も再《ふたた》び白い開始線の前に立ち、怪獣を見上げる。

このまま、みんなが負けるのは、いやだな。

「始めっ」

「やぁっ」

宝はがんばって声を上げた。勢《いきお》いをつけて前に飛び出す。

「コテ、ドーっ」

連続で打ちこむと、怪獣は一拍遅《いっぱくおく》れて応戦《おうせん》した。その目がおどろいたように揺《ゆ》れる。宝は剣先《けんせん》を細かく動かし、相手の中心を取るようにしながら、再度《さいど》前に出た。必死な怪獣の様子も、竹刀《しない》の動きも、自分から一撃《いちげき》を放つたびにくっきりと見えてくる。

水原さんに聞いたことは、本当だった。

怖《こわ》いときこそ、自分から動いてしまったほうが、まだ怖くない。

もう何度目かわからない怪獣《かいじゅう》の面打ちを避《よ》けながら、あれ？　と思った。

怪獣くん、疲《つか》れてる？

打突《だとつ》の際《さい》、怪獣はだんだんと前のめりになってきている。試合の最初から攻《せ》めっぱなしなのだから、疲労《ひろう》するのも無理はない。

こっちは、たくさん打たれたおかげでわかった。

怪獣くんより、阿久津くんの面のほうがずっと速いし、ずっとすごい。

宝は怪獣の竹刀《しない》を左に払《はら》い、真ん中へまっすぐ飛びこんだ。

「メンっ」

善太が言っていたように、竹刀がしなるイメージで、高く、遠く。防《ふせ》ぐ怪獣の反応《はんのう》が遅《おそ》い。小《こ》手《て》と胴《どう》を攻《せ》められ続けて、意識《いしき》が下に向いていたのか。

なら、このまま狙《ねら》いを散らす。そのあとの一打のために。

息も継《つ》がせずに攻め続けると、怪獣はいやがるように大きく下がって、自分から間合いを切った。

宝はそろそろと足を動かし、慎重《しんちょう》に距離《きょり》をつめる。

攻《せ》められ続《つづ》けて後退《こうたい》した相手は、これではまずいと考える。気持ちまで押《お》されまいとあせり、不用意に打ちかかってしまいがちだ。

勝つか負けるか、ぎりぎりの状況《じょうきょう》ならば、なおさら。

宝は打ち気を悟《さと》られないよう、防具《ぼうぐ》の内側にひっそりとかくす。呼吸《こきゅう》はごく細く、静かに。わなに獲物《えもの》がかかるのを待つように、気配を消す。

怪獣《かいじゅう》くん。

ぼく、剣道《けんどう》って、ちょっと芸術的《げいじゅつてき》だと思うんだ。

正しく、美しく、打ち切って一本を取ることを求められる。

ただ強く打つだけじゃだめで、だからこそ、技《わざ》が光る。

強くなくても、戦える。

互《たが》いに隙《すき》を探《さぐ》り合《あ》う中、怪獣の剣先《けんせん》が、ぴくっと動いた。

体重を乗せずに、つつ、と半歩右足を出して誘《さそ》ってみる。すると怪獣は、ぶんっと竹刀《しない》を大きく振《ふ》りかぶった。

かかった。

宝は右斜《みぎなな》め前《まえ》に足を踏《ふ》み出《だ》し、手首を返した。すうっと半円を描《えが》いた竹刀を、鋭《するど》く振り下ろす。

——ごめんね。

「めあああっ」

「ドーっ」

怪獣《かいじゅう》の右胴《みぎどう》が、高く澄《す》んだ音をたてた。

宝は素早《すばや》く走《はし》り抜《ぬ》け、振《ふ》り向《む》いて残心《ざんしん》を示《しめ》す。

まっぷたつになったはずの怪獣へ。

きみを、斬《き》ったよ。

ばばっと、三人の審判《しんぱん》の旗が上がる。

赤。赤。赤。

三本とも、宝と同じたすきの色の、赤だった。

「胴《どう》あり」

よし。構《かま》えは崩《くず》さずに、つめていた息をゆっくり吐《は》く。同時に、試合終了《しあいしゅうりょう》を告げるブザーが鳴る。

……勝った。

副将戦《ふくしょうせん》は一―〇で宝の勝利だ。

開始線で蹲踞《そんきょ》して竹刀《しない》を納《おさ》め、立ち上がって礼をする。試合場を出て、ほっと胸《むね》をなでおろしたとたん、一気に全身が重くなった。試合に夢中《むちゅう》で忘《わす》れていた肩《かた》や足の痛《いた》みが、今になって戻《もど》ってくる。

本当は二－〇で勝てればよかったのだけれど、勝ちは勝ちだ。絹先生のアドバイスも守れた。十分、満足だ。あとは善太に任《まか》せればいい。

いてて、と顔をしかめながら上げた視線《しせん》の先に、善太がいた。

左手で竹刀を提刀《さげとう》し、背筋《せすじ》を伸《の》ばして、どっしりと立っていた。絶対《ぜったい》に紺色《こんいろ》しかはかないという袴《はかま》のひだは少し乱《みだ》れ、同じく紺色の剣道着《けんどうぎ》の上で、赤い胴《どう》が燃《も》えている。

面金越《めんがねご》しに目が合う。まっすぐな視線が、しっかりと届《とど》く。

宝は迷《まよ》わず言った。

「お願い」

善太はうなずき、はっきりと答えた。

「まかせろ」

四

やっべー。言っちゃった。まかせろとか言っちゃった。

ことさらに反らした胸《むね》の内側を、「どうすんだよ、おいっ、できんのかよ」ともう一人の自分が叫《さけ》びながら叩《たた》いている。

でも、どう考えたって、あの場面はキメるべきとこだろう。それに「お願い」なんて誰《だれ》かに頼《たよ》られたこと、これまでなかったし。

あげはたちのもとへよたよたと戻《もど》っていく宝を、横目で見る。

剣道《けんどう》は、バレーやバスケみたいに身長が高ければ有利、とも言い切れない。小柄《こがら》でも強い選手はうじゃうじゃいる。でも、背《せ》の高い相手はリーチが長く、そのぶん攻撃範囲《こうげきはんい》も広いのは確《たし》かだ。善太もまだ小さいころ、年上で背《せ》の高い人と試合をして、そっからでも届《とど》くんかい！　とおどろいたことが何度もあった。

でも宝は、そんな相手に対してもきっちり決めた。かわして斬《き》ってかけ抜《ぬ》ける、善太もくらった面《めん》抜《ぬ》き胴《どう》。

あの、流星の一撃《いちげき》で。

思い出すと、腹《はら》の底がじわっと熱くなる。凶暴《きょうぼう》な空腹感《くうふくかん》に似《に》ていた。

ほんと、おまえが敵《てき》じゃなくてよかったぜ。

互《たが》いのチームから二人に向かって声援《せいえん》が飛ぶ。善太は試合場に入って目礼《もくれい》し、相手と目を合わせたまま三歩進んだ。

サッカーや野球みたいに、観客がドンドンパフパフ応援《おうえん》してくれるのもいいなと思う。絶対《ぜったい》にテンションがアガる。だけど剣道《けんどう》ではNG《エヌジー》だ。審判《しんぱん》は一本を音でも判断《はんだん》しているからじゃまをしてはいけないし、神聖《しんせい》な武道《ぶどう》でそれは似《に》つかわしくないでしょ、ということらしい。だから応援は基本的《きほんてき》に拍手《はくしゅ》のみ。選手も、一本取って、ゴールを決めたサッカー選手みたいに踊《おど》ったりしたらアウト。別に踊りたくはないけど、ガッツポーズくらいはしたい。だけどそれもだめ。

昔の武士って、敵《てき》を倒《たお》して喜ばなかったんかな？　真剣勝負《しんけんしょうぶ》して自分が勝ったら、ふつううれしくない？　不思議だ。

開始線の前で竹刀《しない》を構《かま》え、蹲踞《そんきょ》する。

真ん中にバツ印をはさむ二本の開始線の間は、二・八メートル。竹刀を構えても触《ふ》れ合《あ》わない距離《きょり》。でもお互《たが》いの剣先《けんせん》が、電気のようにびりびりと気を発している。

さあて、いきますか。

兄弟子《あにでし》である以上、そして大将《たいしょう》であるからには、宝一人にいいかっこうをさせておくわけにいかないのだ。

「始めっ」

立ち上がった相手チームの大将は、善太よりもやや背《せ》が低く、細身だ。やわらかく揺《ゆ》れる剣先に、軽い足さばき。どこか柳《やなぎ》を思わせるやつ。六月にあった市大会で、宝はこの相手に敗れたし、善太も過去《かこ》何度か対戦したけれど、戦績《せんせき》はよくない。お互《たが》いが団体戦《だんたいせん》の大将として当たるのは、今回が初めてだ。

善太はふんと鼻を鳴らす。

この柳野郎《やなぎやろう》。実力はあるわ、女子からの声援《せいえん》も多いわで、やんなるな。

かかってこいや！　いやおれからいくわ！

「ぃやあああああ」

「はあああーっ」

雄叫《おたけ》びを上げて飛び出した。叩《たた》き折《お》れそうな勢《いきお》いで、竹刀《しない》が交差する。そのまま腰《こし》を落としてつば元に力をこめると、相手も負けじと押《お》し返《かえ》してきた。燃《も》えるような視線《しせん》が、善太の目を焼く。

最初から斬《き》りにきている目だ。あおられるように、善太もみるみる殺気立つ。つばの下で、力の入った互いの拳《こぶし》が前後した。

引《ひ》き技《わざ》はあまり使いたくない。引く寸前《すんぜん》に十分間を取らないと、腕《うで》が縮《ちぢ》こまってうまく打てないし、戦いの最中に下がると、敵《てき》になめられる気もする。

だから、引け。

腰《こし》を入れ、手元にさらに力をこめる。

ほら、押《お》されてつらいだろ。おまえが下がれ。引きばなを、ぶっ叩《たた》いてやる。

そのとき、ふっ、と腕《うで》への反発が消えた。

「面っ」

柳《やなぎ》の竹刀《しない》が眼前《がんぜん》に迫《せま》る。善太は素早《すばや》く面をかばい、下がる柳を追ったが、間合いを切られた。

待て待て待て。逃《に》げんなこら。

竹刀の先を相手の中心から外さないよう近づき、打突《だとつ》する。

面、面、胴《どう》、面。

打ち合い、いったん離《はな》れ、また近づいて攻《せ》め合《あ》っていると、柳の手がわずかに上がった。

あっこれは小手《こて》いける小手っ。

右足で大きく踏《ふ》みこみ、

「こてぇぇえ」

斬《き》り落《お》とした、と思った柳の手首が、ぱっと消えた。

上だ。

「面っ」

ど真ん中を割《わ》られ、乾《かわ》いた音が善太の面の内側に響《ひび》いた。

相手のたすきの色の白旗が、三本上がる。

「面あり」

やべっ、先に一本取られた！

「いいとこーっ」

相手チームが明るく声をそろえる。

ここまでくすのきは一勝二敗の一引き分けだ。本数は三－四の一本差。

もし善太が二－〇で勝てていれば、勝者数は同数でも、得本数でくすのきの勝利だった。一－〇なら勝者数も得本数もまったくの同数で、代表戦に突入《とつにゅう》。でも今一本取られてしまったから、ここから二本取って勝たない限《かぎ》りは代表戦にも持ちこめず、チームの敗退確定《はいたいかくてい》だ。

マジかよー。こりゃなんとしても巻《ま》き返《かえ》さなくちゃ、まずいじゃん。

「二本目」

主審《しゅしん》の合図と同時に柳《やなぎ》が打ちかかってきた。体当たりを受け止め、つばぜり合いになる。二本の竹刀《しない》は大きなバツ印を作り、ぐらぐらと左右に揺《ゆ》れる。

今度は、柳、なかなか下がらないな。

膠着《こうちゃく》し、善太は柳を目と竹刀で制《せい》しながら、間合いを切った。一呼吸《ひとこきゅう》おいて、再《ふたた》び柳がぶつかってくる。

何度目かの柳《やなぎ》の体当たりで、善太は違和感《いわかん》を覚えた。

さっきまでは十分に間合いを取って慎重《しんちょう》に戦っていたのに、やたらつばぜり合いを繰《く》り返《かえ》す。こちらが間合いを切っても、すぐにくっつこうとする。たまに柳も引《ひ》き技《わざ》を打ってくるけれど、そこにたいした勢《いきお》いはない。

攻《せ》めるのではなく、攻めているように見せるための技だ。受けるたびに胸《むね》の中がもやもやして、善太はぎゅっと眉《まゆ》を寄《よ》せた。

柳は引き分けでもかまわないところを勝ちにいった。そして善太から一本取った。このまま試《し》合終了《あいしゅうりょう》まで柳が逃《に》げ切《き》れば、飛燕剣道会は無事初戦突破《しょせんとっぱ》だ。大将《たいしょう》としては上出来だろう。

二人の竹刀《しない》が再《ふたた》び交差する。またしてもつばぜり合いだ。

大将の責任《せきにん》があるんだろうけど、だからってその戦い方は、どうかと思うぜ。

寒気にも似《に》たいら立ちが、毛虫のように背筋《せすじ》をはい上がってきて、集中力を食《く》い荒《あ》らす。

ああやだやだ。じゃま。どけ。離《はな》れろっ。

荒々《あらあら》しく引き面を打ち、両腕《りょううで》を上げながら後ろに下がる。元打《もとう》ちになった。柳はすぐに追ってくる。善太はライン際《ぎわ》にいた。あと少し下がれば場外になってしまう。前に出なければ。もっと、試合場の中央へ。

床《ゆか》を蹴《け》って柳に打突《だとつ》した。その勢いを受けた柳が、あっさり後ろにひっくり返る。

おまえ、さっきまではそんくらいでコケなかっただろ。

カッとして、すぐ面に打ちかかると、柳《やなぎ》は余裕《よゆう》で攻撃《こうげき》を防《ふせ》いだ。

「止《や》め」

善太はその場を離《はな》れ、目に入ってくる汗《あせ》をまばたきで払《はら》いながら、起き上がる柳をにらんだ。

反則《はんそく》にならない程度《ていど》のつばぜり合いや、体当たりされて転ぶことで時間を稼《かせ》ぎ、勝《か》ち逃《に》げしようというのか。

そんなことさせない。オレが勝つ。さっさと面を決めて終わらせてやる。

頭に血が上ったまま開始線に戻《もど》り、柳と向かい合う。その頭のてっぺんをじっと見つめたとき、突然《とつぜん》、右《みぎ》わき腹《ばら》がひやりとした。

真剣《しんけん》を肌《はだ》に直接《ちょくせつ》押《お》し当《あ》てられたような鋭《するど》い冷たさ。全身が一瞬《いっしゅん》でぴりっと締《し》まる。

そうだ。宝と初めて試合をしたときも、いら立《だ》ち任《まか》せに打ちかかり、逆《ぎゃく》に胴《どう》をすぱりとやられたのだ。あの衝撃《しょうげき》とくやしさを、身体《からだ》はちゃんと覚えている。

危《あぶ》ない危ない、落ち着け、おれ。善太は面の中で深呼吸《しんこきゅう》した。

勝つことは大事だ。勝敗にこだわらないなら、おとなしく負けてろと思う。

だけど、勝ち方にはこだわらなきゃだめだろう。柳！

仕切り直した直後、善太は腹の底から声を上げる。

左足で勢《いきお》いよく踏《ふ》み切《き》り、打突《だとつ》。激《はげ》しい打ちを重ねると、今度は柳《やなぎ》がライン際《ぎわ》まで後退《こうたい》する。

善太は大きく右足を出し、竹刀《しない》を振《ふ》りかぶった。柳はすかさず柄《つか》を頭上まで上げ、剣先《けんせん》は右に下げて、面・右小手《みぎこて》・右胴《みぎどう》を同時に守る。

三点防御《ぼうぎょ》か。なら——

善太はもう一歩踏みこんだ。宙《ちゅう》で手首を返し、鋭《するど》く左下に振《ふ》り下《お》ろす。

「どおおおっ」

真正面から、柳の左胴を全力でなぎ払《はら》う。そのまま善太は左後ろに下がりつつ、剣先《けんせん》を柳に向けた。

審判《しんぱん》の一人が両旗を下で左右に振る。ほかの二人は善太の色、赤旗を上げていた。

「胴あり」

おおっ。試合本番で初めて決まったぞ、逆胴《ぎゃくどう》。

これで一‐一だ、あと一本。

「勝負」

動く前にブザーが鳴った。ここから一分間の延長戦《えんちょうせん》だ。

「延長、始め」

善太は間合いをつめながら、柳を観察する。

柳《やなぎ》はそろそろと移動《いどう》しながら、目を落ち着きなく動かしていた。両肩《りょうかた》が力んだように上がっている。最初に構《かま》え合《あ》ったときよりも、そして宝よりも、小さく見えた。

勝てる。

確信《かくしん》が太鼓《たいこ》の音のように、どん、と腹《はら》の中で響《ひび》く。

もしまだ「早く時間が過《す》ぎればいいなー」とか考えてんだとしたら、それか「引き分けでもいっかー」なんて思い直したんだとしたら、おまえの負けだ。

目の前の相手以外に意識《いしき》が分散すれば、つなげている集中力に、ぽつぽつと空白が生まれる。一秒にも満たない空白だ。でも剣道《けんどう》では、そこを斬《き》られる。

よく知ってるんだ。おれがそうだから。

善太は笑った。息をゆっくりと吐《は》き、どっしりと構える。重心の定まった身体《からだ》の真ん中に、力が集まっていく。心は身体を越《こ》えて大きく広がり、相手の存在《そんざい》を飲みこんだ。

打ちたい。打ちたい。思い切り、でっかく。

「やあああっ」

「はああーっ」

善太の叫《さけ》びに、柳も呼応《こおう》する。柳が繰《く》り出《だ》す善太を誘《さそ》い出《だ》すような小技《こわざ》を、落ち着いて数回払《はら》いのける。

集中、集中。

右から、左から、上へ、下へ、刻《きざ》むように連打を浴びせる。柳《やなぎ》も正確《せいかく》な竹刀《しない》さばきで素早《すばや》く守る。

反撃《はんげき》はさせない。この流れのまま、一気に押《お》し切《き》る。

「こて、めんめんっ」

左足を継《つ》ぎ、連続して打ちかかる。胴《どう》と胴が激《はげ》しくぶつかり、ビー玉のように互《たが》いを弾《はじ》く。いったん離《はな》れて善太は強く息を吐《は》き、再び前へ。剣先《けんせん》で柳の間合いを押《お》し破《やぶ》った。突《つ》き出《だ》した竹刀に柳はのけぞり、一瞬《いっしゅん》、足が止まる。

善太は鋭《するど》く竹刀を振《ふ》り上《あ》げる。見下ろす柳の姿《すがた》が、宝に変わった。

「めえんっ」

一心に叩《たた》きこんだ竹刀がしなる。白い剣先が走り、面の中心で弾《はず》んだ。

着地した右足が力強く床《ゆか》を鳴らすと同時に、すかさず剣先をびしりと柳に向け、残心《ざんしん》を取る。

どうだ、参ったか！

今度は赤旗が三本、連鎖《れんさ》するように上がった。

「勝負あり」

試合場の周りで大きな拍手《はくしゅ》がわき起こった。くすのきのメンバーだけでなくほかの道場の選手や観客たちも、健闘《けんとう》を称《たた》えてくれている。

柳《やなぎ》の面がかすかにうつむく。善太は飛びはねたいのをこらえ、心の中で叫《さけ》んだ。

見たか。おれも勝ったぞ、宝！

五

大将戦《たいしょうせん》を終えて戻《もど》ってきた善太を、宝は大きく手を叩《たた》いて迎《むか》えた。

「すごかった」

「おお」

「面も、逆胴《ぎゃくどう》も、すごかった」

「まあな。楽勝だよ」

ふふん、と善太が得意げに笑うと、えーっ、と優斗と雅斗が声をそろえる。

「楽勝なら二ー〇で勝ってくれればよかったじゃーん」

「そしたらもう勝負ついてたじゃーん」

善太は甲手《こて》をつけたまま、生意気を言った二人の頭にげんこつを落とした。

楽勝、ではなかったはずだ。

誘《さそ》ったり、守ったりは、相手の大将《たいしょう》のほうが上手だった。そのうえ、確実《かくじつ》に勝つ剣道《けんどう》をしようとしていた。宝と試合をしたときよりも手強《てごわ》くなった相手を見て、善太が勝つのは厳《きび》しいかもしれないと正直思った。そして、びっくりした。

相手の左胴《ひだりどう》を打つ、逆胴《ぎゃくどう》。胴は基本《きほん》、相手の右を打つ。左はここぞという機会をとらえ、よほど刃筋正《はすじただ》しく振《ふ》り抜《ぬ》けなければ、審判《しんぱん》に有効打突《ゆうこうだとつ》と認《みと》められない。胴を打つのが得意な宝でも、試合で逆胴を決めたことは一度もないのだ。そんな技《わざ》をみごとに成功させたところから、善太の反撃《はんげき》が始まった。

最後に見せたのは、あの、雷《かみなり》のような面打ち。

結果、善太は大将の責任《せきにん》を果たし、勝負を代表戦へつないだ。堂々と勝利したのだ。

宝がかなわなかった相手に。

ひざの上にのせた手をもぞもぞ動かしていると、絹先生が笑顔《えがお》で善太に声をかけた。

「日ごろの稽古《けいこ》の成果を出せましたね」

「はいっ、ありがとうございます。で、代表戦はおれが」

「わたしだよ」

ピンクの小桜柄《こざくらがら》の手ぬぐいを巻《ま》き直《なお》しながら、あげはがきっぱりと言った。

今回の大会では、代表戦に出るのは最初に引き分けた二人と決められている。中堅戦《ちゅうけんせん》で引き分けだったあげはは、目も鼻の先もうっすら赤いまま、勝ち気に笑ってみせた。再《ふたた》び面をつけ、ひもを頭の後ろできゅっと結び、立ち上がる。

代表戦は一本勝負だ。きっと相手は、中堅戦《ちゅうけんせん》以上に激《はげ》しく攻《せ》めてくる。試合場に向かうあげはの後《うし》ろ姿《すがた》を見送りながら、宝は隣《となり》に座《すわ》った善太に聞いた。

「水原さん、大丈夫《だいじょうぶ》かな」

「おー、大丈夫だよ」

面を外した善太が、手ぬぐいで顔の汗《あせ》を拭《ふ》きながら、軽く答える。

「でも、阿久津くんが試合してる間も、泣いてた。面も、さっきまでずっと外さなくて」

「だろーな。だから大丈夫なんだよ」

善太はひらひらと手を振《ふ》った。言っている意味がよくわからない。

「おれ、昔、かかり稽古《げいこ》であげはをすっ転ばせちゃったことがあるんだ」

「え？　うん」

「そしたらあげは、すぐに立ち上がって、大泣きしながら突《つ》っこんできてさ。おれ、逆《ぎゃく》に壁《かべ》までふっ飛ばされた」

宝は首をかしげた。なぜ、今その話を？

「家庭科の授業《じゅぎょう》じゃ、キャベツとレタスをまちがえたり、包丁をうまく使えなかったりしたせいで、クラスメイトに笑われて、泣いたんだって」

「あれ？　でも、カレー一人で作れるって」

「泣かされてからめちゃめちゃ練習したんだろ。絹先生の家であげはが手伝った料理、すげーうまかったよな」

「うん、おかわり、足りなかった」

宝が何度もうなずくと、「要するに」と善太はあぐらから正座《せいざ》に座《すわ》り直《なお》した。

「あげはは、泣いてからがつえーんだよ」


あげはは両足を小さく前後させながら、リズムを取っている。

つい、つい、とオナガの尾《お》のように揺《ゆ》れていた竹刀《しない》は、相手が近づいたとたん、鋭《するど》く斬《き》りかかった。

打ち、離《はな》れ、また近づく。

クロアゲハの羽の色をした黒胴《くろどう》が、軽《かろ》やかに場内を動き回って、相手を揺さぶる。

「ちょうちょみたい」

思わずつぶやくと、善太が笑った。

「あげはは、ちょうちょっていうより、はちだろ」

あげはが聞いたら怒《おこ》りそうなことを言う。宝はじいっと善太の横顔を見た。そういえば、はちの天敵《てんてき》って確《たし》か、熊《くま》だったような。

「みつばちみたいなかわいいやつじゃなくて、あしながばちとか、くまんばちな」

「わかった。もうわかった」

宝はあせって小声で止めた。本人に聞こえていそうで気が気じゃない。

あげはは相手の重そうな面打ちをしっかり受け止めた。相手があげはに勢《いきお》いよく体当たりする。二本の竹刀《しない》がからみ合うように、がっちりと交差する。

「相手、しっかりくっついてくれてて、いいな」

「うん」

あげはは引《ひ》き技《わざ》を得意としている。宝だったら、つばぜり合いは避《さ》けて戦う。

水原さん、がんばれ。がんばれ。

前に後ろにじりじりと動きながら、あげはが押《お》し、相手がさらに強く押し返した、そのとき。

あげはは相手の力を利用して、ひらりと下がった。

相手の腕《うで》が、急に反発を失って、伸《の》びる。

あげはに誘《さそ》われるようにして、伸び切る。

素早《すばや》く振《ふ》り上《あ》げたあげはの竹刀が一閃《いっせん》した。

「めぇんっ」

鋭《するど》く正確《せいかく》な面打ちが、相手のど真ん中をとらえた。高い破裂音《はれつおん》が響《ひび》く。細かく足を動かして一気に下がりつつ、あげはは残心《ざんしん》を示《しめ》した。

まだ来るなら、打つよ、と。

赤旗が三本、そろって上がった。

「面あり。勝負あり」

主審《しゅしん》があげはの勝利を宣言《せんげん》する。くすのきのメンバーはいっせいに手を叩《たた》いた。

「水原さん、強い。すごい」

泣いたままでは終わらなかった。善太の言ったとおりだ。宝は夢中《むちゅう》で拍手《はくしゅ》した。善太も頭上で大きく手を打ち鳴らす。

阿久津くんも、水原さんも、本当にすごいなあ。

ひたすら感心する白い感情《かんじょう》に、ぽとり、と暗い色が落ちて混《ま》ざる。

もしかして、ぼく、自分の試合に満足してちゃ、いけないんじゃないのかな。

二－〇で勝てば大将《たいしょう》のプレッシャーを軽くしてあげられた。それがかなわなかったことを、くやしがらなきゃいけないんじゃないのかな。

拍手を送る手が、痛《いた》い。宝は目だけを動かし、善太とあげはを交互《こうご》に見た。試合前、うずくまる宝の隣《となり》に座《すわ》り、声をかけてくれた二人。

ぼくはもっと、二人に応《こた》えられたんじゃないのかな。

「よっし、整列すんぞ」

善太がひざを叩《たた》いて立ち上がり、あげはのいる試合場へ、先にすたすたと歩いていく。

「ま、待って」

おいていかないで。

宝はあわてて、前を行く善太の背中《せなか》を追った。

六

「あげは、まあまあやるじゃん」

「善太もねっ」

「飛燕の、しかも大将《たいしょう》から、おれ二本取ったんだぜ」

「わたしだって、代表戦でちゃんと勝ったんだから」

初戦を勝ち星で飾《かざ》り、善太とあげはは興奮《こうふん》を抑《おさ》えきれなかった。控《ひか》え室《しつ》で試合を振《ふ》り返《かえ》って、わいわい盛《も》り上《あ》がる。

「絹先生もうれしそうだったな」

「うん、二回戦もがんばらなきゃね。優斗と雅斗が張《は》り切《き》ってたよ。『次こそ絶対勝ってやる。善太の出番はない！』って。よかったね、善太」

「よくねーよ。あいつらほんっと生意気だな」

しかめ面《つら》をしようとして、失敗する。大将戦《たいしょうせん》で勝てたことも、絹先生が喜んでくれたことも、みんなで二回戦を戦えることも、全部うれしい。それに、なにより――。

「あれ、そういや宝は？」

「さっき絹先生に呼《よ》ばれて、まだ戻《もど》ってきてないね」

それからしばらくすると、宝がようやく姿《すがた》を現《あらわ》した。

「阿久津くん、水原さん、あの」

めずらしく、宝のほうから近づいてくる。

「あの、ごめん」

「え？」

善太とあげはの声がそろった。

「ごめんって、なにが？」

「ぼくがもっとがんばってれば、初戦突破《しょせんとっぱ》、もう少し楽にできたから」

「ははっ、なんでだよ、変な心配すんな」

「でも、阿久津くん、ぼくに」

「いーからいーから、そんなんなにも関係ねーって」

「関係、ない？」

善太は宝の肩《かた》に手を置いた。

なによりもうれしくて誇《ほこ》らしいのは、こう言ってやれる自分だ。

「おお。どんな状況《じょうきょう》でも勝ってやるのが、兄弟子《あにでし》ってもんだろ」

きっと宝は感激《かんげき》して、うれしそうに笑うだろう。胸《むね》をふくらませ、善太は宝の顔を見た。

……あれぇ？

「宝くんも勝ったんだし、全然気にすることなんかないよ。十分だよ」

あげはが声をかけると、目を見開いて放心していた宝は、晩夏《ばんか》のひまわりのように首を垂《た》れた。その姿勢《しせい》のまま、小さく口を動かす。

「ん？　聞こえねえ。ここ、がやがやうるせーんだから、ちゃんとしゃべれよ」

すると宝は、善太の手首をつかんで肩《かた》からどかした。

「二人は、すごかった」

やけにくっきりとした声。宝は背中《せなか》を向け、小走りで去っていく。

一瞬《いっしゅん》触《ふ》れたその手は、なぜか、燃《も》えるように熱かった。

三章 秋

一

長期の休み明けになにがいちばんつらいかと言えば、早起きでも、退屈《たいくつ》な授業《じゅぎょう》でもない。自分の好きなときに冷蔵庫《れいぞうこ》を開けられない不自由さだ。

二学期が始まって二週間がたった日の朝、ちゃんとごはんを食べてきたのに、登校しただけでもう小腹《こばら》が減《へ》ってきた。給食の献立表《こんだてひょう》を確認《かくにん》しようと、善太《ぜんた》がいそいそと教室に入ると、数人の男子が席についている宝《たから》に向かって、こそこそとなにかを投げていた。小指の先ほどの粒《つぶ》は、宝の背中《せなか》に当たるとぴたっとくっつき、投げた男子が声を出さずにガッツポーズする。

ありゃ、くっつき虫か。

くっつき虫とは、オナモミの実のことだ。オナモミという植物が秋になるとつける実で、表面がとげとげしているから服や髪《かみ》によく引っかかる。こうして遊ぶにはうってつけだ。

昔、善太は絹《きぬ》先生にくっつき虫をおみまいしようとたくらみ、背後《はいご》を狙《ねら》った。でも投げようとする前に必ずバレてしまって、成功したことはなかった。「日ごろの鍛錬《たんれん》のたまものですよ」と絹先生は言ったけれど、剣道《けんどう》では背中《せなか》を攻《せ》められることはないのに、どう鍛錬したんだろう。

宝は、また両目の横を手で覆《おお》ってじっとしている。でもいたずらには気づいているはずだ。やめろって自分では言えないのか。しょうがねーな、まったく。

「おい、なにしてんだよ。どけどけっ」

善太は固まる男子たちの中に突《つ》っこんでいって散らしてから、宝の背中のくっつき虫を全部取ってやる。頭にはついてなさそうだった。猫《ねこ》っ毛《け》にからんでしまうと、結構《けっこう》めんどうなことになる。

「ほらっ、くっついてたぞ」

取ったくっつき虫を机《つくえ》の上に置くと、宝はその中の一つを手に取り、めずらしそうにしげしげとながめる。

「おまえ、なんかされてるってわかってたんだろ？　だったら、やだって自分でちゃんと言えよ。やられっぱなしじゃなくてさ」

「うん」

「まあ、しょうがねーから今はおれがかばってやるけど」

宝はくっつき虫を爪《つめ》の先でぎゅっとつぶした。

「今日の夜は稽古《けいこ》だなー」

「うん」

「でも、大会はしばらくないぞ。次は一月。神社の奉納試合《ほうのうじあい》だから、ちょっと特殊《とくしゅ》なんだ。トーナメントとかじゃなくて、小学生は誰《だれ》かと一試合やったら終わり。あんまおもしろくないよな」

「うん」

宝は最近、いつにも増《ま》して口数が少ない。元気がない、というよりは、なにかをこらえているような感じ。宝センサーではなく、宝バリアの内側に、ぴちっと閉《と》じこもってしまっている。

その日の夜の稽古でも、宝はどこかぴりぴりしていた。

顔や口調が怒《おこ》っているわけではないのだけれど、竹刀《しない》や防具《ぼうぐ》を扱《あつか》う手つきがいつもより荒《あら》っぽい。黙々《もくもく》と竹刀を振《ふ》っていても、粛々《しゅくしゅく》と足さばきの練習をしていても、宝の輪郭《りんかく》が神経質《しんけいしつ》にちかちか光っている。まるで工事現場《こうじげんば》の点滅灯《てんめつとう》だ。いったい、なにに注意をうながしているのか。

面をつけて二人一組になり、正面と左右面を連続で打つ切《き》り返《かえ》しの稽古になると、宝は勢《いきお》いよくかかってきた。わずかにあごを上げ、伸《の》び上《あ》がるようにして善太の真正面を打つ。そこから一息に続く左右面の連撃《れんげき》。竹刀を立てて弾《はじ》くように受け止めると、強い振動《しんどう》が腕《うで》に伝わる。

おおー。やたら気合入ってるな。

闘争本能《とうそうほんのう》を刺激《しげき》され、善太は宝の表情《ひょうじょう》を見た。

視線《しせん》は、最後まで合わなかった。


あげはも、善太と同じように宝の異変《いへん》を感じていた。

「この前の大会のあとからだよね、宝くんがちょっと変わったの」

放課後、校舎《こうしゃ》を出て歩きながら、あげはが首をひねる。

先月出場した大会の団体戦《だんたいせん》で、善太たちのチームは三回戦まで勝ち進み、そこで敗れた。くやしかったけれど、初戦敗退《しょせんはいたい》ばかりだったこれまでの戦績《せんせき》を考えれば、なかなかの進歩だ。絹先生も、みんなのがんばりをほめてくれた。

「大会な。あの初戦はマジでよかった。飛燕《ひえん》にうちが勝ったんだもんな。おれなんか、試合で初めて逆胴《ぎゃくどう》決めちゃったし。あの大将《たいしょう》、ほんっとやりづらかったんだけど、おれの実力で」

「善太、今はそっちじゃなくて、宝くんの話でしょ」

あげはが善太の話をぴしゃりとさえぎる。なんだよ。善太は口をとがらせた。せっかく活躍《かつやく》したのだから、ちょっとくらい自慢《じまん》を聞いてくれてもいいのに。

「その初戦のあと、宝くんわたしたちに謝《あやま》ってきたよね。なにかあったのかな」

「さーな」

「宝くんがんばって勝ったし、気にするようなことなにもないよね」

「ねーな」

「抜《ぬ》き胴《どう》も、やっぱりかっこよかったし」

かっこいい？　善太はむっとした。おれはかっこいいなんてあげはに言われたこと、一回もないぞ。怒《おこ》られてばっかりだぞ。不公平だ。

金網《かなあみ》フェンスに囲まれたプールの横を通りかかったとき、あげはは善太の腕《うで》を叩《たた》いた。

「善太、ちょっと宝くんに聞いてみなよ。どうしたの？　って。一人で悩《なや》んでたらかわいそう」

「やだね」

善太が不機嫌《ふきげん》に答えると、あげはは きゅっと目をつり上げ、足を止めた。吹《ふ》き抜《ぬ》けていく秋風が、その髪《かみ》を揺《ゆ》らす。

「善太、冷たい。宝くんはやさしいのにね」

あげはは深々とため息をつきながら、髪からヘアピンをするりと取った。あげはが絹先生の畑で落とし、宝が先に気づいて見つけた、白い蝶々《ちょうちょう》。

「宝宝うるせーな」

「そんなんだから、友だちできないんだよ」

フェンスの向こうで、プールの水面《みなも》がさざめいた。

宝も、あげはも、なんなんだよ。

髪に留《と》め直《なお》そうとしていたあげはの手からヘアピンを奪《うば》い、プールサイドに向かって放り投げる。ちょっとした意地悪のつもりだった。しかし、ヘアピンはコンクリートの上で弾《はず》み、かすかな水音をたててプールの中にダイブした。

「あらー、あげはのちょうちょ、自殺した」

へらへら笑いながら言ってみる。返事はない。

恐《おそ》る恐《おそ》るあげはを見て、ぎくっとする。

あげはの両目にゆらゆらと張《は》った透明《とうめい》な膜《まく》が、まばたきとともに割《わ》れた。

「ひどいよ善太！　今すぐ取ってきて！」

「明日でいいだろ。三時間目、体育でプールの授業《じゅぎょう》あるし」

あげはの剣幕《けんまく》にひるみながら、どうにか強がって答えると、あげはは激高《げきこう》した。

「それじゃ遅《おそ》いよ！　排水口《はいすいこう》に吸《す》いこまれちゃうかもしれないでしょ！　もういいっ」

きっ、とプールを見やると、フェンスに走《はし》り寄《よ》り、金網《かなあみ》に手をかける。

「ちょ……」

ちょっと待った、と善太が制止《せいし》するよりも先に、現《あらわ》れた小さな影《かげ》が、あげはのランドセルを引《ひ》っ張《ば》って止めた。

「宝くん？」

宝は通学帽《つうがくぼう》を取ると、ランドセルを下ろし、くつとくつ下を手早く脱《ぬ》いで裸足《はだし》になった。善太とあげはがあっけに取られている間にフェンスをすいすいと上り、向こう側に着地すると、ためらいなくプールの中に飛びこんだ。

「宝っ」

善太も急いで後を追おうとしたけれど、身体《からだ》が重くてなかなかフェンスを上れない。ふうふう言いながら善太がプールサイドにたどり着いたときにはもう、宝はヘアピンを見つけてプールから上がっていた。

プールの横を通《とお》り過《す》ぎていくやつらが、目を丸くしてこっちに視線《しせん》を送ってくる。宝はまったく気にする様子もなく、髪《かみ》からも服からも盛大《せいだい》に水を滴《したた》らせながらぺたぺた歩き、金網《かなあみ》の隙間《すきま》からあげはにヘアピンを渡《わた》した。

「かっこつけんな、ばかっ」

一回り小さくなったような宝の頭を、善太は後ろから平手で叩《たた》いた。乾《かわ》いた服を着ている自分が、恥《は》ずかしくてたまらない。後頭部を押《お》さえて振《ふ》り返《かえ》った宝は、びっくりしたように目をぱちぱちさせた。

「善太、やめなよ！」

あげはが金網《かなあみ》を揺《ゆ》らして叫《さけ》んだ。無視《むし》して、宝をにらむ。

「おれが拾おうと思ってたんだよ。よけいなことすんな」

「……でも、阿久津《あくつ》くん、泳ぐの……」

「ああ？　聞こえねーよ、ちゃんとしゃべれ」

「ぼく、水原《みずはら》さんにも、阿久津くんにも、助けてもらったから、だから」

善太は足を踏《ふ》み鳴《な》らした。

「おれはおまえに助けてほしくなんかねーっ」

だってそれじゃあ、立場が逆《ぎゃく》になっちゃうじゃないか。

硬直《こうちょく》していた宝の顔が、みるみるうちに耳まで真っ赤になる。宝は口を結んでうつむいた。ぽつ、ぽつ、と水滴《すいてき》が落ちてコンクリートに黒いしみを作る。

まさか、こいつまで泣いてねえよな？　顔を下からのぞきこもうとしたとき、

「かっこつけは、阿久津くんだ」

宝が声をしぼり出すように言った。

「剣道《けんどう》の大会で優勝《ゆうしょう》したって、うそついた」

善太の心臓《しんぞう》が、Ｔ《ティー》シャツを押《お》し上《あ》げんばかりの勢《いきお》いで飛びはねた。

「なっ、なんでわかった？」

宝は小さく息を吐《は》いた。

「トロフィー」

「トロフィー？　それはおまえがうち来たときにちゃんと見せただろ」

「上に、力士《りきし》の人形ついてた」

「げっ、見えてた？」

「見えてた」

なんてこった。

「……善太、なんで、そんなすぐバレるうそついたの？」

フェンスの向こうで、あげはが尋《たず》ねる。あきれ、がっかりしているようなその表情《ひょうじょう》を見たとたん、全身がゆで上がったように熱くなる。

だって、うそで自分を底上げしなきゃ、なんだか不安だったんだ。

宝のやつ、なにもあげはの前でバラさなくたっていいじゃんか！

「別に。からかっただけ。こいつ、すぐ信じるから。UMA《ユーマ》だって信じてんだぜ」

善太は無理やり笑顔《えがお》を作った。

「そんな悪いことしてないじゃん。なに？　それで最近、宝は機嫌《きげん》悪かったわけ？　うわあ、ネチネチしつけーの。今さらなんなんだよ」

べらべらとまくし立てながら、あれ？　と思った。

「そうだよ。おまえ、なんで今まで気づかないふりしてたんだよ？」

優勝《ゆうしょう》したってうそつきながら兄弟子《あにでし》ぶるおれを、どんなふうに見てたんだよ？

宝は目をそらしたまま黙《だま》っている。

「本当のこと言ったら、おれがおまえをいじめると思ったか？　それとも、学校でおれにかばってもらえなくなると困《こま》るからか？」

宝は答えない。

「なんとか言えよ」

善太が宝の右肩《みぎかた》をつかんで乱暴《らんぼう》に揺《ゆ》さぶると、手を払《はら》いのけられた。その思った以上の強さに、怒《いか》りが一気にふくれ上がる。

「なにすんだよっ」

つかみかかろうとした手を寸前《すんぜん》で弾《はじ》かれる。

善太の短い導火線《どうかせん》に、完全に引火した。

「こんにゃろーっ」

善太は猛然《もうぜん》と宝に突《つ》っこんだ。すぐにひっくり返ると思った宝は、善太の太い胴《どう》に両手を回し、おでこを腹《はら》に当てると、全身でぐいぐい押《お》してくる。善太のT《ティー》シャツが、みるみるうちにびっしょりぬれた。細い首の後ろに上から腕《うで》を落とすと、宝はべしゃっと腹ばいに転ぶ。見物人がいるのか、挑発《ちょうはつ》するような口笛が聞こえた。

「善太！　宝くんもやめなよっ」

あげはが怒声《どせい》を上げる。

「今度は女子にかばわれてら」

善太が鼻で笑うと、宝は無言で立ち上がり、また腰《こし》にしがみついてきた。引っぺがそうとすると、宝はその腕をつかんでかみついた。

「いってえ！」

叫《さけ》ぶと、宝の肩《かた》がびくっと震《ふる》えた。すぐに善太の腕を放し、おろおろと心配そうな顔をする。

善太はカッとなった。

なんでそこで引く？　食いちぎろうとするくらいにかみついてこない？　どうして、とことんまでいやなやつになってくれないのか。

なんなんだ、本当に、こいつは。

うねりながら突《つ》き上《あ》げてくる感情《かんじょう》をそのまま、宝にぶつける。

「おまえなんかくすのきに来なきゃよかったんだ。どっか行っちゃえよっ」

宝が、はっと息をのんだ。

しばらくして、怒《おこ》っているようにも、泣き出しそうにも見える表情《ひょうじょう》で、

「行くよ」

と、言った。

「どうせ、一年間だけだって、思ってた」

「は？」

「卒業したら、中学、遠いとこ行く」

「で？」

「そこ、今の家からじゃ遠くて通えないから、おじいちゃんの家に住む。だから、くすのきもやめる」

「うそっ」

善太とあげはの声が重なる。

「そんなの聞いてねーぞ。なんで黙《だま》ってたんだよ」

ごにょごにょと宝がなにかつぶやく。でも、聞き取れない。

「おい、ちゃんとしゃべれってば。おまえ、おれに何回言わせんだよっ」

なんで、おまえはおれに、大事なことをちゃんとしゃべってくれないんだよ。

のどが苦しくて、声がかすれた。剣道《けんどう》で、まともに突《つ》きをくらったら、このくらい息苦しいんだろうか。

「なんなんだよ……」

おれだけか。

兄弟のようだと、兄弟子《あにでし》だと、思っていたのはおれだけか。

宝は、はっきりと首を振《ふ》った。

「もういい」

三人の上に、重い沈黙《ちんもく》が落ちる。善太が先に帰ろうとしたそのとき、

「こらあ、そこ、なにやってるんだ！」

鋭《するど》い声が響《ひび》いた。誰《だれ》かがチクったのか、善太の担任《たんにん》や生活指導《せいかつしどう》の先生たちが、血相《けっそう》を変えてこっちに走ってくる。

善太たちはそのまま、引きずられるようにして校舎《こうしゃ》に連《つ》れ戻《もど》された。

会議室で、善太と宝は、先生たちに大目玉をくらった。

あげはは呼《よ》ばれていなかったのに無理やりついてきて、状況《じょうきょう》を説明してくれた。あげはと善太がふざけていたら、誤《あやま》ってヘアピンをプールに投げ入れてしまい、それを宝が取りにいってくれ

た。善太もそれを手伝いながら、つい遊んでしまったのだと、けんかではないと、善太には口をはさませずにすらすら話した。

先生たちは、大人の監視《かんし》のないところでプールに入ることがどれだけ危険《きけん》かこんこんと説教し、善太と宝は反省文を書くことを命じられた。担任《たんにん》は二人の連絡帳《れんらくちょう》に今回の件《けん》についての報告《ほうこく》と注意を書きこみ、必ず親に見せるよう念を押《お》した。あげはは、今回のような場合はまず先生に相談するように、と軽く注意されるだけで済《す》み、善太はほっとした。

保健室《ほけんしつ》でタオルを借り、体操着《たいそうぎ》に着替《きか》えてから現《あらわ》れた宝は、ずっと下を見たままで、誰《だれ》がなにを聞いても、いっさいしゃべろうとしなかった。


「善太、あんた、学校でなにかあったんじゃないの」

プール事件《じけん》の日から、二週間がたった夜。

連絡帳を読んで、最初はひたすら怒《おこ》っていた母親が、今は心配そうに眉《まゆ》を寄《よ》せ、善太をじっと見つめている。

「なにもない」

視線《しせん》を合わせずに答え、夕飯に出された特大ハンバーグを、箸《はし》で細かく切って口に運ぶ。

「なにかあったなら、ちゃんと話してくれないと、お母さんわからないでしょ」

「なにもねーって」

「じゃあなんで剣道《けんどう》サボってるの？　つい最近まであんなに張《は》り切《き》って行ってたのに」

「家で素振《すぶ》りやってるからいいだろ」

「そういう問題じゃないでしょうが。絹先生、心配してたわよ。宝くんも、ずっとくすのきに来てないんだって」

宝の名前が出てきて、ぎくりとする。あれから、善太と宝は口をきくどころか目も合わせていない。あげはとも気まずい空気が続いている。登校班《とうこうはん》が同じだから、あいさつぐらいはするけれど。

「ははーん。善太、宝くんとけんかしたんだ」

「唯一《ゆいいつ》のオトモダチだったのにね。ウケるー」

佐和《さわ》と美紅《みく》がからかうように言う。それを聞いた理央《りお》が、

「予想どおり」

と薄《うす》く笑って皮肉った。善太が言い返そうとすると、母親がそれをさえぎる。

「お姉ちゃんたちは黙《だま》ってなさい。お父さんはテレビばっかり見てないで、ちゃんと善太と話をしてちょうだい」

「お？　おお。聞いてる聞いてる」

突然《とつぜん》話を振《ふ》られた父親が、テレビから視線《しせん》を外して、ずれた返事をする。

「で、どうなの善太。宝くんとプールでふざけてたっていうのは、本当はけんかだったんじゃないの？　宝くんのお父さんから電話もらったけど、お互《たが》いに謝《あやま》り合戦《がっせん》になったわよ。まったく、せっかく仲いい子ができたのにあんたは」

善太はたまらず茶碗《ちゃわん》を置き、両手を上げた。

「はいはい、わかった、わかりました。どうもすいませーん。どうせおれが全部悪いんですー」

「善太、お母さんはまじめに話してるのよ。どうしてそう、がまんがきかないの」

「根性《こんじょう》なしだからだよーん」

顔の横で両手をぴらぴらさせ、善太は立ち上がった。母親の制止《せいし》を無視《むし》して居間《いま》を出る。そのまま寝室《しんしつ》に行き、押《お》し入《い》れから敷《し》き布団《ぶとん》を出して存分《ぞんぶん》に殴《なぐ》りつけたあと、その上にごろりと寝転《ねころ》がった。

一年間だけって思ってたから、なんだよ。

もういいって、どういう意味だよ。

宝の言葉が頭の中をぐるぐる回り出す。善太は大きく息を吐《は》いて、固く目を閉《と》じた。

しょうゆのこげるような、香《こう》ばしいにおいがする。

いつの間にか眠《ねむ》ってしまっていたようで、家の中はしんと静かだった。今、何時だろう。自分ではかけた覚えのないタオルケットを足ではねのけて起き上がり、鼻をうごめかせながら台所へ向かう。

扉《とびら》を開けると、白い蛍光灯《けいこうとう》が目にしみた。しょうゆのにおいが一気に濃《こ》くなる。

「熊《くま》の酒盛《さかも》り？」

夜は、ささやき声もよく響《ひび》く。コンロの前に立っていた父親が善太を振《ふ》り返《かえ》った。その片手《かたて》には発泡酒《はっぽうしゅ》の缶《かん》が握《にぎ》られている。

「お、また分け前を狙《ねら》って来たな」

善太の父親は休みの前日になると、ときどきこうしてお酒を飲む。そのときのつまみは自分で作るのがこだわりだ。作るというより、とにかく焼く。するめだとか、干《ほ》しいもだとか、アルミホイルに包んだにんにくだとか。今はコンロに網《あみ》をのせて焼いているけれど、冬場になると石油ストーブの上で焼く。

「もう十二時前だけど、明日ちゃんと起きるんだぞ？」

「うん」

「よろしい。じゃ、真夜中の熊の酒盛り、開始」

父親がつまみを作り始めると、善太はおこぼれにあずかるのを隣《となり》で待つ。昔、その様子を見た

姉たちが、

「見て見て、熊《くま》が二頭、うちの中で酒盛《さかも》りしてるんだけど」

「ウケるー」「山でやればいいのに」

と笑った。それをおもしろがった父親が、『熊の酒盛り』という言葉を使うようになった。お酒を飲むのはもちろん、父親だけだ。

「ほい、先に食べてな」

半分が物に占拠《せんきょ》されている調理台の上に出されたのは、小さな俵型《たわらがた》の焼きおにぎりだった。母親はごま油や和風だしなども混《ま》ぜて作るけれど、父親が使うのはしょうゆと七味のみ。シンプルな味つけだ。でも、あとを引く。

立ったまま、無言でちびちび食べていると、焼いたしいたけと、焼いた魚肉ソーセージも並《なら》んだ。父親は窓《まど》を少しだけ開けて夜風を通し、善太の隣《となり》にやってくると、同じように立ったまま、二本目の発泡酒《はっぽうしゅ》のプルトップを開けた。

「善太は、料理できるのか?」

「米は炊《た》けるけど。なんで?」

「剣道《けんどう》やってる子って、包丁使うのうまそうだから」

「関係ないって」

笑いながら振《ふ》った手を、調理台の上で握《にぎ》りしめる。

「それにおれ、そのうち剣道《けんどう》やめるかも。中学入ったら、とか」

「そうかそうか。あ、ちょっとそこの塩取って」

「もうちょいなんかリアクションないの？」

父親はしいたけに塩を振りながら、肩《かた》をすくめる。

「新しいこと始めるのもいいんじゃないの。選択肢《せんたくし》がいっぱいあって、選べる状況《じょうきょう》にあるんだから、やりたいことはできるだけやってみな。自分を好きなだけ試《ため》せるチャンスって、実はそんなにないんだぞ」

「ふうん」

「剣道を六年近く続けられたっていう経験《けいけん》は、もうそれだけで一つの財産《ざいさん》だよ。ただ、ちょっともったいないかなあ。ライバルくんの存在《そんざい》が」

「今、そいつとけんか中なんだよ」

善太は魚肉ソーセージをかじりながら、むすっと答えた。

「ああ、じゃあやっぱりプールのあの子が、ライバルくんだったのか」

「そ。宝ってやつ。でも前も言ったけど、おれは宝をライバルだなんて思ってないけどね。あいつ、すぐいじめられるし、おれよりあとにくすのきに来たやつだから、めんどうみてやってただけ。でも、そういうのもうやめる。飽《あ》きた」

「そうなのか？」

鼻息荒《はないきあら》く語る善太を見て、父親がおもしろそうに笑う。

「善太は、その宝くんにどうにか自分を認《みと》めさせたくて、兄弟子《あにでし》だなんだって言って関わる理由作って、がんばってたんじゃないのか？　それは絹先生も気づいてると思うけどな」

「は？　ちがうよ。宝に負けたくはないけど、そこまでこだわるほどのやつじゃないね」

「こいつに負けたくない。それって、相手をどっかで認めてるからこそ、わく感情《かんじょう》だぞ。十分こだわってるじゃないか」

善太は黙《だま》った。

そうだろうか。あまりじっくり考えたことはなかった。とにかく宝より数歩前を歩いていたかった。後《おく》れは取りたくなかった。うそをついたせいで、引っこみがつかなくなったというのもあるけれど。

「もし、そうだとしても、宝はおれのこと、そんなふうに思ってないし」

宝の態度《たいど》の変化や、プールでの出来事について、善太はかいつまんで説明した。優勝《ゆうしょう》のうそをついていたことと、それがとっくにバレていたことは、スルーして。

「——とにかく、宝はきっと、一年間だけだからってがまんしておれといたんだ。『すごい』とか、『雷《かみなり》みたい』とか言ってたのも、たぶんうそだよ」

父親は缶《かん》に口をつけながら、目で続きをうながす。

「最近は、そのがまんが爆発《ばくはつ》したみたいでさ。稽古《けいこ》のとき、やたらマジで打ちこんでくるし、おれの剣道《けんどう》もほめなくなった。学校じゃあ助けてやってもむすっとしてるし、逆《ぎゃく》におれを助けていいかっこしようとするし……って父ちゃん、なに笑ってんの」

ふんふんと善太の話を聞いていた父親が、今は下を向き、肩《かた》を小刻《こきざ》みに揺《ゆ》らしている。

「いや、悪い悪い。ちょっと父ちゃんかんちがいしてた。そうか、おまえたちはまだ、途中《とちゅう》だったんだな。未満、とも言うか」

「はあ？」

「大丈夫《だいじょうぶ》だよ。宝くんはいやいやおまえといたんじゃないよ。もしそうだったら、おまえを助けようとなんかしない。今の話、お母さんにもしてやればいいのに。きっと、安心するぞ」

うえー、と善太は顔をしかめて舌《した》を出した。

「やだよ。どうせ説教されるだけだもん。『周りを思いやりなさい』とか、『相手の気持ちを考えなさい』とかさ。そういうのウザい。聞《き》き飽《あ》きた」

「ウザいかもしれないけど、相手をよく見て、心の中を想像《そうぞう》できないとなあ……」

「なに？　じゃないと友だちできないぞー、って言いたいの？」

「いや。じゃないと剣道《けんどう》って勝てなくないか？　って言いたいの」

飲みこんだしいたけが、途中《とちゅう》でつっかえる。善太は胸《むね》を叩《たた》きながら父親を見上げた。酔《よ》いが回って赤くなり始めているけれど、適当《てきとう》にしゃべっているわけではなさそうだ。

「ま、とにかくだ。おまえ、くすのき休んでるならもうちゃんと行ったほうがいいな。家で素振《すぶ》りもいいけど、人との稽古《けいこ》でしかできないこともたくさんあるだろ。そういうの、絹先生とか、あげはちゃんたちと、めいっぱいやっときな」

「え、さっきは剣道やめてもいいって」

「そりゃ先の話。宝くんは今、おまえと対等なライバルになろうとしてるんだよ。きっと近いうち、刀を鞘《さや》から抜《ぬ》いてくるぞ。受けて立たなくていいのか？　善太」

父親は飲《の》み干《ほ》した缶《かん》の上下のふちに指をかけ、ぐしゃりとつぶした。

対等なライバルに？　そんでもっておれに、真剣勝負《しんけんしょうぶ》を挑《いど》んでくる？

……あの宝が？

「こりゃあ、本当に名勝負が見られそうかな。楽しみ楽しみ」

「でも、大会は当分ないよ。それにガチで勝負するとしてさ、万が一、億が一、宝にまた負けたら、おれ、超《ちょう》へこむかもよ。ますます根性《こんじょう》なしになってみんなに笑われるかもしんない」

「ずいぶん予防線《よぼうせん》張《は》るなあ」

「それでもオッケーってんなら、おれ、やってみてもいいよ」

真剣《しんけん》に聞こえないよう、おどけて言う。父親はうなずき、両手を上げた。

「オッケーオッケー。笑われてもいいから、とにかくやってみな」

「軽く言うよなー」

「いいだろ。善太が笑われたら、父ちゃんもいっしょに笑われるからさ」

鼻の奥《おく》が、プールで水が入ったときのように、つんと痛《いた》くなる。やばい。善太はあわてて焼きおにぎりをつかみ、大口を開けて次々頬張《ほおば》った。父親が腹《はら》を揺《ゆ》らして笑い、善太の頭をぐしゃぐしゃと雑《ざつ》になでる。照れくさくて、その手を払《はら》いのけた。

「いっしょに笑われてくれなくてもいいからさ、かわいそうだねってことで、なぐさめの品をちょうだい」

「……まさかその品のお値段《ねだん》は」

「八万円」

父親は長く息を吐《は》いて、苦笑《くしょう》した。

「おまえもなかなか、粘《ねば》り強《づよ》さを見せるようになったじゃないか」

へへ、と善太も笑いながら、胸《むね》の中では父親の言葉が明滅《めいめつ》していた。積乱雲《せきらんうん》の中で光る稲妻《いなずま》のように、鋭《するど》く、ぴかぴかと。

――きっと近いうち、刀を鞘《さや》から抜《ぬ》いてくるぞ。

★ 二

真っ赤な彼岸花《ひがんばな》が、アスファルトと畑の境目《さかいめ》に点々と咲《さ》いている。

その横を一人で歩いて下校していた宝は、近くに落ちていた棒《ぼう》きれを拾い上げた。花首をなぎ斬《き》るように軽く振《ふ》る。一度、二度、三度。花びらの一枚《まい》も落とさずに大きく揺《ゆ》れる彼岸花は、まるで宝を笑っているように見える。

けんかなんて、するつもりはなかったんだよ。

善太が兄弟子《あにでし》ぶることを、不審《ふしん》には思ったけれど、不愉快《ふゆかい》ではなかった。その後ろにくっついていれば、周りから変にからまれなかったのも楽だった。自分はこれまでどおり、卒業まで、ただ黙《だま》っておとなしくしていればよかったのだ。

なのに、それが、なんだか……。

宝は手を浮《う》かせた。もう一度、花に向かって棒きれを振るう。

重い、と思った。

団体戦《だんたいせん》に出場したあの日、くすのきのメンバーが初戦突破《しょせんとっぱ》の喜びにわいている中、絹先生は宝を呼《よ》びよせ、おだやかに尋《たず》ねた。

「自分から声を上げて、自分から挑《いど》みかかる。やってみてどうでしたか?」

宝はあいまいにうなずき、自分の両手を見下ろした。

昨日までとはちがうなにか、手応《てごた》えとまではいかなくてもそのしっぽをつかんだような感触《かんしょく》があった。ずっと練習していた技《わざ》がようやく出せたときと似《に》ていた。

だけど、これじゃ足りない。

「絹先生、あの……」

「なんでしょう」

「重い木刀《ぼくとう》で素振《すぶ》りしたら、腕《うで》とか、強く、なりますか?」

それを聞いた絹先生は、逆《ぎゃく》に問いかけた。

「腕力《わんりょく》をつけたいのですか?　なぜ?」

なぜ、って。答えを探《さが》していると、ふと、火薬のようなにおいをかいだ気がした。善太の面をど真ん中にくらったときの、鼻先がこげるような、あのにおい。

「宝くん、ちょっと、ついてきてくれますか?」

黙《だま》りこくった宝を連れて、絹先生は体育館の外に出た。駐車場《ちゅうしゃじょう》に向かい、自分の車の前で止まる。バックドアを開けると、中から帆布《はんぷ》の竹刀袋《しないぶくろ》を取り出した。

「宝くんに、これを差し上げます」

「えっ、でも」

「中身を見てごらんなさい」

突然《とつぜん》のことにおどろきながら、宝はおずおずと受け取った。軽い。なにも入っていないみたいだ。うながされるまま竹刀袋のひもをほどいて、中に手を入れる。

すらりと袋から引《ひ》き抜《ぬ》いたそれは、白くなめらかな刀身を持つ、木刀《ぼくとう》だった。

「桐《きり》の木刀です。とても軽いでしょう?」

宝はうなずいた。宝の竹刀よりも、スマートフォンよりも軽い。中段《ちゅうだん》に構《かま》え、振《ふ》ってみる。剣先《けんせん》がぶれた。もう一度振ってみても、ぶれる。いつもの素振《すぶ》りで聞こえるような風切り音も出ない。

「桐の木刀は軽くて、まっすぐ振るのが逆《ぎゃく》に難《むずか》しい。肩《かた》や腕《うで》にむだな力が入っていると、いい音も出ません。だからこそ、刃筋正《はすじただ》しい、速い打ちを身につけられるんですよ。少し貸《か》していただけますか」

絹先生は宝の手から木刀を受け取ると、姿勢《しせい》を正して構えた。それだけで、絹先生の雰囲気《ふんいき》はがらりと変わる。静かに頭上へ振り上げた木刀が、びゅっ! と鋭《するど》い音をたてて走った。空気を一直線に裂《さ》き、ぴたりと宙《ちゅう》に制止《せいし》する。

ほわぁ、と宝の口から息がもれた。速くて、鋭《するど》い。自分の振《ふ》りと全然ちがう。

「こうして素振《すぶ》りを続けていけば、重い木刀《ぼくとう》で腕《うで》をことさらに鍛《きた》えなくても、いい面を打てるようになりますよ」

ぎくりとした。絹先生は宝の手に木刀を返しながら続けた。

「宝くんは、面打ちへの苦手意識《にがていしき》が強いですね。背《せ》の高い子が相手だと、特に打てなくなる」

「怖《こわ》い、ので」

宝はしょぼくれて答えた。

「なぜ怖いと思うのか、きちんと自分と向き合って、考えたことはありますか？」

「え？　ええと、ビビりだから、です」

勇気を出せ、気合を見せろと、父親に何度怒《おこ》られたことだろう。でも絹先生は、きっぱりと首を横に振った。

「ちがいます。宝くんは上に向かって打とうとするあまり、腕ばかり先行して、あごも上がってしまっている。そうすると相手の動きもわからなくなるし、正確《せいかく》な打ちもできなくなる。せっかくがんばって打っても、一本にはなりにくい。そんな経験《けいけん》が重なれば、面を打つのが怖くなっても、不思議ではありません」

それって結局は、ビビりってことじゃないのかな。縮《ちぢ》こまって下を向いていると、「宝くん」と呼《よ》ばれた。

「ビビりだなんて思わなくていいんです。それよりも基本《きほん》に戻《もど》って、くせを直していきましょう。それで面がもっと決まるようになれば、苦手意識《にがていしき》も消えて、戦い方も変わっていきます」

「変わる……」

剣道《けんどう》を始めて、約二年半。いまいち強くなれずにいるけれど、打たれ続けて身についたこともある。

自分の打《う》ち間《ま》。反撃《はんげき》のタイミング。チビで非力《ひりき》な宝なりの戦い方。

それが、変わる？

絹先生は、やさしく笑った。

「腕力《わんりょく》がなくても、小柄《こがら》でも、強い剣士《けんし》にはなれますよ。もちろん、善太くんにも負けないくらいに」

宝は急いで首を振《ふ》った。桐《きり》の木刀《ぼくとう》を元どおり袋《ふくろ》にしまい、絹先生に返す。

「ぼく、阿久津くんに勝ちたいんじゃ、ないです」

絹先生に頭を下げて、宝はその場から走って逃《に》げ出《だ》した。

目の前を、とんぼの透明《とうめい》な羽がついっとよぎる。宝が棒《ぼう》の先を伸《の》ばしてみると、とんぼは一瞬《いっしゅん》留《と》まりそうな気配を見せたけれど、すぐに飛んでいってしまう。

絹先生との話のあと、宝は善太たちのもとに戻《もど》り、謝《あやま》った。副将《ふくしょう》の宝がもっといい結果を出していれば、大将の善太はもう少し楽に戦えたはずだから。

すると、そんなことは関係ないと、笑われた。

プール事件《じけん》のときには、宝になんか助けてほしくないと、突《つ》っぱねられた。

胸《むね》の底がぶすぶすとくすぶる。宝は握《にぎ》っていた棒きれを、遠くに放った。

夜、自分の部屋で塾《じゅく》の宿題をこなしていると、廊下《ろうか》で足音がした。一歩の間隔《かんかく》が広い。父親だ。宝が身構《みがま》えたところで、部屋のドアがノックされた。

「はい」

ここで間を取るのは許《ゆる》されない。そんなことをすれば、なにをしていたんだと父親はたちまち不機嫌《ふきげん》になる。だからノックにほとんど意味がない。

ノブが回り、小さな金属音《きんぞくおん》がしてドアが開いた。

「宝。今日もくすのきに行かなかったのか」

片手《かたて》に紙の束を持った父親が、苦い顔で部屋に入ってくる。

『もう二週間以上サボってるんだぞ。いやなことがあったのかもしれないけど、だからって逃《に》げちゃだめだろう。勇気を出して立ち向かわないでどうする！』

続くのはこんなところだろうか。黙《だま》って予想していると、

「道場、変えるか？」

降《ふ》ってきた言葉に、宝はぽかんとした。

「くすのきをやめて、ちがう道場に通うか？」

冗談《じょうだん》を言っているのかと思った。もしくは、それがいやならさっさとくすのきに行け、とつながるのかと思った。

でもちがう。この父親は本気だ。

「卒業まで、あと、半年なのに？」

新しい道場に通うことにしても、同じく、続けられて半年だ。それに道場を移《うつ》るのは、周りからあまりいい顔をされない。遠方への引《ひ》っ越《こ》しだとか、本当にどうしようもない事情《じじょう》があれば別だ。でもそうでない場合、早めに責任者《せきにんしゃ》に相談したり、区切りのいい時期まではがまんしたりと、周りに迷惑《めいわく》をかけないよう、それなりの義理《ぎり》を通さなければならない。前の道場で、父親も聞いたはずだ。

「それでも、貴重《きちょう》な半年間だぞ。合わないクラブで時間をつぶすのはもったいない。やっぱり女

の先生だと、指導力《しどうりょく》とか、子どもへの厳《きび》しさが足りないのかもしれないしな」

そんなことない。

絹先生はやさしいだけの先生ではない。稽古中《けいこちゅう》、絹先生に手加減《てかげん》されていると感じたことはないし、試《ため》されるような一言にとまどったこともある。性別《せいべつ》なんて、まったく関係ない。

「どこの道場に通うにしても、今よりは遠くなるけど、送《おく》り迎《むか》えはお母さんにがんばってもらおう。お父さんももちろん協力するから」

「お母さん、車の運転、きらいだよ」

くすのきの稽古《けいこ》の行き帰りを善太と共にするようになって、いちばん喜んだのは母親だった。免許《めんきょ》は持っているけれど、運転が苦手なのだ。

「子どもがそんな気をつかわなくていい。実はもう、いろいろ調べてあるんだ」

宝の机《つくえ》の上に、手にしていた紙を次々並《なら》べていく。父親がピックアップしたらしい道場のホームページをプリントアウトしたものだ。

「いくつかの道場は見学もさせてもらった」

まずい、もう話が進んでいる。宝は握《にぎ》っていたえんぴつを放し、両手を机の下にかくした。紙に少しでも触《ふ》れたりして興味《きょうみ》を示《しめ》そうものなら、きっとそのまま押《お》し切られる。

緊張《きんちょう》していると、父親がさらりと言った。

「そうそう、阿久津くんの家にも、さっきお父さんが電話してあげたからな」

「……え？」

脳天《のうてん》に大きな星が落っこちてきて、砕《くだ》けた。ぐらりと視界《しかい》が揺《ゆ》れる。

阿久津くんの家に、電話？　お父さんが？

「なにを言ったの？」

宝はいすから立ち上がった。父親がおどろいたようにあごを引く。

「なにって、それは、宝のことを」

「なんで、そういうことするの？」

きっと、善太を責《せ》めたにちがいない。うちの子をいじめないでくれだとかそんなことを言って、宝に事実確認《じじつかくにん》もせず、善太を非難《ひなん》したに決まっている。

前の学校でも、道場でも、同じことがあった。友だちとのトラブルに父親が首を突《つ》っこみ、そのせいで宝はウザがられ、ますます孤立《こりつ》したのだ。

壁《かべ》に貼《は》られた、余白《よはく》ばかりの星形の色紙《しきし》。

あれは半分、お父さんのせいだ。

「頼《たの》んでないのに。電話してとか、手を貸《か》してとか、思ってないのに」

「宝」

父親が困《こま》った様子で伸《の》ばした手を、上体をねじってかわす。

「くすのきだって、やめたいなんて思ってない。なのになんでもう、見学とか」

「宝」

「ぼく、なにも言ってないのに、どうして、どうして勝手に」

「言わないからだろう」

数トーン低くなった声に、宝はびくりとした。

「阿久津くんと勝手にプールに入ってふざけてたとか、稽古《けいこ》をいきなり二週間以上休むとか、明らかにおかしいじゃないか。今までの宝を見ていれば、なにかがあったんだってことはわかるんだ。悩《なや》んでるってことは伝わってくるんだ。でも、宝はお父さんにも、お母さんにも、なにも言わないで閉《と》じこもる。だったら、お父さんはお父さんの考えで、動くしかないだろう。待っていても仕方ないし、放っておくわけにもいかないいんだから」

放っておいてよ！

宝は、プールでの出来事も、稽古を休む理由も、なにも両親に話さなかった。善太に迷惑《めいわく》がかかるかもしれないのがいやだったからだ。なのに結局、めんどうなことになってしまった。

「今回に限《かぎ》らないぞ。お父さんがなにを言っても、なにを聞いても、宝からはなにも返ってこない。黙《だま》っていれば事が済《す》む、周りがそれなりに動いてくれる、そう思って甘《あま》えているのは、宝じゃないのか？」

「甘《あま》えて、なんか」

「どうしたいって意思表示《いしひょうじ》もしないで、察してくれなんていうのは、甘えだ」

父親は表情《ひょうじょう》も変えず、宝の否定《ひてい》をすぱりと斬《き》り落《お》とした。

「宝は、誰《だれ》に対してもそうじゃないか」

父親の様子がいつもとちがう。声が大きくて、全身からむだに熱を放ち、元気だ勇気だ情熱《じょうねつ》だと宝に引火させようとする、あの芝居《しばい》がかった父親ではない。

淡々《たんたん》と、父親はあとを続ける。

「ただ受け身でいればいいなんて思うな。それでやり過《す》ごせないことも、これからいくらだって出てくる。剣道《けんどう》だってそうじゃないか。守りを固めて待っていたって、試合時間はたった数分だぞ。その間に必ず好機が訪《おとず》れるとは限《かぎ》らないんだ。動いて攻《せ》めないと。前にも言ったよな、『チャンスは待つな、作れ』って」

「……ごめ」

「謝《あやま》ってほしいんじゃない」

父親の視線《しせん》を、つむじのあたりに感じる。しばらくして、ため息が聞こえた。

「宝、ショックだったんだろう」

おどろいて父親を見上げると、静かなまなざしが返ってくる。

「お母さんが撮《と》ってきてくれた、この前の団体戦《だんたいせん》のビデオ、お父さん何度も見た。反省会のあとも、ずっと見てる。初戦の宝の相手、中学生みたいに大きい子だったな。よく一本取った。最後のほうの宝の動きは、とってもよかった」

恒例《こうれい》の反省会のときにも、同じようにほめられた。だけど喜べなかった。

「でも、そのあとの阿久津くんは、もっとよかった」

宝は口を引き結んだ。そうだ。それが、わかっていたからだ。

「試合巧者《しあいこうしゃ》な対戦相手に、まっすぐぶつかっていって、力で勝った。大将《たいしょう》のプレッシャーもあったろうに、みごとだったな。しかもあの相手は、宝が前に個人戦《こじんせん》で二本負けした子だ。宝、見ててショックだったろう。今も、もやもやしてるだろう。それは嫉妬《しっと》だ。自分のほうが阿久津くんより上だって、負けてないって、宝は心のどこかで思ってたんだよ」

すうっと、胸《むね》が冷えた。

確《たし》かにショックだ。

ずっと持《も》て余《あま》していた感情《かんじょう》に、勝手に、名前をつけられてしまったことが。

「ようやく、くやしいって感じただろう」

そこで父親のスイッチが入った。前傾姿勢《ぜんけいしせい》になり、両腕《りょううで》を横に大きく広げる。

「くやしいよな。だから宝は阿久津くんとけんかして、剣道《けんどう》からも逃《に》げてるんだよな。その気持ちはよくわかるよ。でもそれじゃあだめだ。立ち向かわなきゃ。阿久津くんとはちがう稽古《けいこ》をして、負かしてやろうじゃないか。お父さんも協力する。なっ。だからよその道場で」

「くやしくない」

血を沸騰《ふっとう》させる勢《いきお》いで語っていた父親が、ぴたりと止まる。

「宝、まだそんなことを」

近寄《ちかよ》ろうとした父親から、素早《すばや》く下がって間合いを取り、両目の横を手で覆《おお》う。

「お父さんが、くやしがるから」

「え?」

「お父さんは、くやしがらないで。怒《おこ》らないで。がっかりもしないで」

遠間《とおま》に立ったまま、宝は言った。

「ぼくよりも、がんばらないで」

剣道だけではない。宝の交友関係でも、勉強でも、ゲームにおいてさえ、父親は宝以上に一喜《いっき》一憂《いちゆう》し、あれこれと必死になってしまう。

宝の立つ試合場に、いつもいつもいつも、父親が竹刀《しない》を持って入ってきて、ひどいときには相手を背中《せなか》から斬《き》ってしまうのだ。

そんなのはもう、宝の戦いではない。勝とうが負けようが、心は少しも動かない。

「それは、どういう意味だ？」

問われ、宝は言いよどんだ。舌《した》が勝手に縮《ちぢ》こまる。無理やり動かそうとすると、臆病《おくびょう》な自分がささやいた。『いつもみたいに黙《だま》っていようよ』『きらわれちゃうよ』『お父さんがかわいそうだよ』と、何度も何度も。

でも、自分から声を出さないと。自分から挑《いど》んでいかないと。

それで流れが変わったのを、一度、経験《けいけん》したのだ。

顔から手を放し、父親を見る。心の中で構《かま》えた竹刀《しない》を、大きく振《ふ》りかぶった。

「つまんない、よ」

一刀。

父親はゆっくりと一歩下がり、机《つくえ》に後ろ手をついて寄《よ》りかかった。でも、宝から目はそらさない。

まだ、終わっていない。宝は意識《いしき》して、肩《かた》ではなくお腹《なか》に力をこめる。

「稽古《けいこ》、一生懸命《いっしょうけんめい》、がんばるから」

「それで？」

「次の大会は、阿久津くんより、いい結果出す。負けない、から」

「だから？」

「だから、くすのき、やめない。お父さんの協力も、もう、いらない」

「いらないのか。それでも宝は、強くなれるのか？　まっすぐ、元気に、勇敢《ゆうかん》に戦えるようになるか？　ちゃんと成長して、変わっていけるか？」

強い口調で畳《たた》みかけられる。宝は首を振《ふ》った。

「なりたい自分は、自分で、決める」

示《しめ》されなくても、ちゃんと知ってる。

沈黙《ちんもく》が落ちる。重くて息苦しい雰囲気《ふんいき》に、ごめんなさいと言いたくなるのを必死にこらえる。

どれだけ時間がたったのかわからなくなったころ、父親が、「そうか」とうなずいた。机《つくえ》の上に広げていた、他道場の情報《じょうほう》がのった紙をすべてまとめ、几帳面《きちょうめん》に角をそろえてから持ち、扉《とびら》に向かう。

ドアノブに手をかけながら、父親は宝を振り返ったけれど、なにも言わずに出ていった。

一人になった部屋で、宝はごしごしと目をこすった。

その週の土曜日、ほぼ半月ぶりに、宝はくすのきに顔を出した。

「宝くん、久《ひさ》しぶりだね」

あげはがすぐにかけ寄《よ》ってくる。

「この前はありがとう。ごめんね、わたし、迷惑《めいわく》かけちゃって。風邪《かぜ》、引かなかった？　お父さんとお母さんに、怒《おこ》られなかった？　早く謝《あやま》りたかったんだけど、なかなか、言えなくて」

「平気。全部、大丈夫《だいじょうぶ》」

あげはが、ほっとしたように表情《ひょうじょう》をゆるめる。そのとき、善太が体育館に入ってきた。目が合う。でも、お互《たが》いにすぐそらした。プールでのことも、父親の電話の件《けん》も、謝らなければ。そう思うのに声が出ない。善太はあげはのあいさつに応《こた》えたけれど、どこかぎこちなかった。まだ、完全には仲直りできていないようだ。

もたもたしているうちに、絹先生がやってきた。休んでいたことを特に叱《しか》られることもなく、いつもどおりに稽古《けいこ》が始まる。宝と善太が絹先生に呼《よ》ばれたのは、稽古のあとの掃除《そうじ》までが終わって、メンバーが解散《かいさん》してからだった。

「一般《いっぱん》の部の人たちがそろそろ来ますから、場所を移動《いどう》しましょうか」

絹先生にうながされ、宝たちは外に出た。今日はサッカー少年団《しょうねんだん》の練習試合が行われているようで、校庭に人が多い。その中には宝にからんでくる意地悪なクラスメイトの姿《すがた》もあった。みんな、教室では見せないような真剣《しんけん》なまなざしで、それぞれボールを追ったり、声援《せいえん》を送ったりしている。

「二人とも、久《ひさ》しぶりですね」

絹先生の前に、宝と善太はお互《たが》いに微妙《びみょう》な距離《きょり》を空けて並《なら》んだ。

「なにがあったのかは、あげはちゃんからだいたい聞いています。私《わたし》からも聞きたいことはありますが、こうして二人とも稽古《けいこ》に出てきてくれましたし、ひとまずやめておきましょう。二人を呼《よ》んだのは、別件《べっけん》です」

絹先生は宝と善太を順番に見つめた。

「突然《とつぜん》ですが、二人で一試合、戦ってみたいとは思いませんか？」

本当に、突然だった。宝も善太もなにも答えられずにいると、絹先生が言い足した。

「神様の前で」

神様の前？　どういうこと？

宝が首をかしげていると、善太が納得《なっとく》したようにうなずいた。

「奉納試合《ほうのうじあい》か」

「そうです。宝くんは知らないかもしれませんね。毎年一月になると、楠宮神社《くすみやじんじゃ》というところで剣道《けんどう》の奉納試合が行われていて、市の小・中学生剣士《けんし》が参加できるんですよ。三分間一本勝負で、小学生は、一人一試合のみですけれど」

そういえば、前に善太もそんな話をしていたような気がする。

「だけど、なんで急に？」

「いい機会かと思ったからです。卒業したら、二人は離《はな》れ離《ばな》れでしょう？　そうなると対戦も、なかなかできなくなりますから」

宝と善太の間に、ぴりっと静電気が走る。

「選手の組み合わせは、大会に参加する道場の先生同士で話し合って決めます。順位を争うものでもありませんし、ある程度《ていど》融通《ゆうずう》がきくんです。二人が望むのなら、私《わたし》は勝負の場を用意できますよ。あとは、あなたたち次第《しだい》です」

ほかの大会だと、同門の選手は、トーナメントですぐ当たらないように離される。その奉納試合《ほうのうじあい》は、絹先生の言うとおり、善太と対戦するいい機会だ。

一本勝負。また、あの出前授業《でまえじゅぎょう》のときのように、二人で。

胸《むね》がさわいだ。

「さあ、どうしますか？」

宝がぴくりと指先を動かすと、善太が先に勢《いきお》いよく手を上げた。紺《こん》の剣道着《けんどうぎ》がこすれて、音をたてる。

「やります」

選手宣誓《せんしゅせんせい》のように腕《うで》をまっすぐ伸《の》ばし、迷《まよ》いなく答える。その全身には、すでに闘志《とうし》がみなぎっていた。宝は怖気《おじけ》づきながらも、同じ意思を静かに示《しめ》す。

善太がゆっくり、宝を見た。

――やるな？

――やるよ。

絹先生が、柏手《かしわで》を打つように手を叩《たた》いた。

「決まりですね」

「はい」

「もう九月も終わります。これから時間の許《ゆる》す限《かぎ》り、しっかりと稽古《けいこ》しましょう。互《たが》いによく知る相手とどう戦うかを考えながら、一日一日を、大事に重ねていきましょうね」

二人はもう一度、声をそろえて返事をした。


次の日の午前中、宝は竹刀袋《しないぶくろ》を持ち、一人で絹先生の家に向かった。

どきどきしながら、インターホンを押《お》す。今、いるのだろうか。少しして、すりガラスの戸の向こうに、絹先生の影《かげ》が映《うつ》った。

「はい。まあ、宝くん。どうしましたか？」

「おはようございます。あの、ビニールハウスの中の、打ちこみ台を、使わせてください」

現《あらわ》れた絹先生に、すぐお願いした。間を置いたら、迷《まよ》って言い出せなくなりそうだった。

「あと、桐《きり》の木刀《ぼくとう》も、貸《か》してください。お願いします」

絹先生の言った、『互《たが》いによく知る相手とどう戦うか』を、昨夜よく考えてみた。そのうえで試《ため》したい稽古《けいこ》がある。できれば、くすのきの誰《だれ》にも見られずに。

絹先生には迷惑《めいわく》かもしれない。あきれられるかもしれない。けれど、だめでもともと、まずは頼《たの》んでみようと思った。

「それは、どなたの指示《しじ》でしょう?」

絹先生が、静かに問う。

「宝くんは、今、誰の意思で、そこに立っていますか?」

宝の背中《せなか》に汗《あせ》が幾筋《いくすじ》も伝った。握《にぎ》った手の中は湿《しめ》っぽいけれど、指先は冷たい。緊張《きんちょう》しているときや怖《こわ》いとき、宝は身体《からだ》の末端《まったん》が冷える。

「ぼく、です」

両手を後ろに回し、ぐーぱーを繰《く》り返《かえ》してから、改めて絹先生を見上げた。

「阿久津くんとの戦い方、考えました。そのための稽古、したいです」

もし、今が戦乱《せんらん》の世で、この竹刀《しない》が真剣《しんけん》だったなら。そう考えたことがある。

自分はどう戦うだろうか。敵《てき》のどこを狙《ねら》い、斬《き》るだろうか。

宝の答えは『親指』だった。相手をなるべく傷《きず》つけず、自分も安全なまま、勝ちたかった。

そういう考え方は、もう捨《す》てる。

「善太くんとの、戦い方……」

つぶやきながら庭を見た絹先生が、ふと、ほほ笑《え》みを浮《う》かべる。

「剣士《けんし》に限《かぎ》らず、人がいちばん力を発揮《はっき》する瞬間《しゅんかん》は、いつだと思いますか？」

唐突《とうとつ》な質問《しつもん》だった。宝は面くらったけれど、よくよく考え、

「ええと、自信があるとき、ですか？」

と答えると、絹先生は首を横に振《ふ》った。

「捨て身になったとき、です。それは武道《ぶどう》の極意《ごくい》でもあります」

それを聞いて、宝は確信《かくしん》した。

絹先生は、宝がやろうとしていることを見抜《みぬ》いている。

「ちょっと、待っていてくださいね」

絹先生は家の奥《おく》に引っこみ、帆布《はんぷ》の竹刀袋《しないぶくろ》を片手《かたて》に戻《もど》ってきた。

「それでは、宝くんの考えた稽古内容《けいこないよう》を、聞かせてくれますか？」

「はいっ」

宝は返事をして、差し出された桐《きり》の木刀《ぼくとう》に、まっすぐ両手を伸《の》ばした。

三

熟《じゅく》し切《き》った柿《かき》の色をした夕陽《ゆうひ》が、家の窓《まど》ガラスに反射《はんしゃ》している。

そこに映《うつ》る自分の姿《すがた》を確認《かくにん》しながら、善太は左手だけで握《にぎ》った竹刀《しない》を振《ふ》り下《お》ろした。右手は腹《はら》の上に置き、曲がらないように気をつけながら、再《ふたた》び左手だけで竹刀を振り上げる。

宝は小柄《こがら》だ。しかもかわすのがうまい。すいすい動く小さい的に当てるには、正確《せいかく》な打ちができなければならない。そのためには、右手に力が入ってはだめだ。打突《だとつ》のときに思ったところを打てなくなる。

片手素振《かたてすぶ》りが終わり、次は跳躍素振《ちょうやくすぶ》りをしようとしたとき、母親が窓《まど》を開けて善太を手招《てまね》きした。

「なんだよ」

首にかけていたタオルで顔を拭《ふ》きつつ近づくと、回覧板《かいらんばん》を手渡《てわた》された。

「それ、山田《やまだ》さんちに今すぐ回してきてちょうだい」

めんどくせーと言いそうになって、思い直す。山田さんの家は、ここから一キロほど離《はな》れた先にある。走っていけば、回覧板を届《とど》けるのも鍛錬《たんれん》になる。

「いいよ」

「あら素直《すなお》ね。なにかいいことあったの？」

「そういうこと言うなら行かねー」

「ごめんごめん。ありがとう、助かる。じゃあついでにこれもお渡《わた》ししてね。たくさんいただいたんでおすそわけです、って伝えて」

母親が白いビニール袋《ぶくろ》も善太に持たせた。腕《うで》がずんっと重くなる。中身を確認《かくにん》すると、里芋《さといも》だった。穫《と》れたてなのか、濃《こ》い土のにおいがした。

まあ、よし。おもりをつけた鍛錬《たんれん》だと思おう。

回覧板《かいらんばん》を右わきに抱《かか》え、ビニール袋の持ち手を左手に巻《ま》きつけるようにして揺《ゆ》れないように持ち、善太は家の裏手《うらて》の田んぼ道をどすどす走る。このあたりは、宝と流星群《りゅうせいぐん》を見た場所だ。

あのころはまだ青かった稲《いね》も今はすっかり黄色に変わって、実りの多い重そうな頭《こうべ》を、ゆらゆらと垂《た》らしている。金銀財宝《きんぎんざいほう》は想像《そうぞう》できないけれど、自然の黄金色《こがねいろ》が広がるこの光景を見ると、これぜーんぶおれの！　と大声で叫《さけ》びたくなる。米ってすごい。見てきれいだし、食べておいしい。

あー、なんか腹減《はらへ》ってきちゃった。もう歩こうかな。

足をゆるめて一息つこうとしたとき、チリン、とベルの音がした。

金の稲穂《いなほ》が続く先で、自転車に乗った誰《だれ》かが、手を振《ふ》りながらこっちに来る。

あげはだ。

急いで背中《せなか》を伸《の》ばし、しゃきっとした姿勢《しせい》をキープしながら、善太もあげはのもとへ走った。

「どうしたの？　なにか急ぎ？」

「回覧板《かいらんばん》回すついでに走ってるだけ。これも鍛錬《たんれん》だから」

くすのきをサボるのをやめてから、あげはとはだんだん元どおりに話せるようになった。けんかをするのはしょっちゅうだけれど、仲直りしたときは、毎回すごくほっとする。

「へえ、えらいね。どのくらい走ったの？」

「ま、ざっと五キロってとこかな」

善太はついサバを読んで答えた。ちょっと、十倍ほど。それを聞いたあげはが目を光らせ、

「わたしも走ろうかな」とつぶやく。

「えーと、で、そっちはどこ行くんだよ？」

善太はあわてて話題をそらした。あげはは自転車の前かごに入っていた紙袋《かみぶくろ》を掲《かか》げて見せた。

「おばあちゃんに頼《たの》まれてお届《とど》けもの。うちの畑でかぶがいっぱい穫《と》れたから」

「そっちはかぶか」

善太のうちはちがうけれど、この地域《ちいき》は専業《せんぎょう》・兼業《けんぎょう》問わず農家が多い。こういう野菜の交換《こうかん》は

しょっちゅう行われ、時には名刺交換《めいしこうかん》の代わりにもなる。

「善太、宝くんと奉納試合《ほうのうじあい》するんでしょ」

「向こうがビビって逃《に》げなければな」

「もう。すぐそういう言い方する。……仲直り、できた？」

あげはが遠慮《えんりょ》がちに尋《たず》ねる。けんかの一因《いちいん》が自分にもあると、気にしているのかもしれない。

全然、そんな必要ないのに。

「避《さ》けたりはしなくなったかな。つるまないけど、用があれば、ふつーに話す」

正直に答えた。宝とは、前ほど口をきかなくなっていた。教室でいっしょにさわぐこともないし、くすのきの行き帰りも別々だ。

けんかが続いているわけではないのだけれど、あまり距離《きょり》を縮《ちぢ》めたくなかった。日を追うごとにぴんと張《は》りつめていく空気を自然だと感じているから、たとえ周りに心配されても、わざわざたゆませたくはない。

「そんな感じのままでいいの？　宝くん、卒業したら遠くに行っちゃうんでしょ。善太、さびしくない？」

「別に」

善太は即答《そくとう》した。強がりでもなんでもない、本心だった。宝と離《はな》れることを、特にさびしいとは感じない。

「もしここで、おれが『ごめん』って言ったら、宝はおれを許《ゆる》すよ。で、また元どおり。周りも安心。でもそれって、なんかちがうような気がすんだ」

「ちがう？」

「ちがうっつーか、上っつらだけっていうか、とにかく、もやもやする。それでもまあ楽しいとは思うんだ。教室とかで、一人でもいっしょにばかやれるやつがいると、ほんとちがうし。でも、卒業したらおれ、宝のこと、すぐ忘《わす》れる気がする」

そして、それは宝も同じだと思う。

「なんか、うまく言えねーけど。今のままでいいんだ。だからあげはは心配すんなよ」

へらっと笑ってみせる。あげはは考えこむような顔をしていたけれど、やがてうなずいた。

「それとさ、おれ、絶対《ぜったい》、宝に絶対勝つから。もう、圧勝《あっしょう》するからさ」

「はいはい」

「宝を応援《おうえん》してもいい」

思い切って言うと、あげはきょとんとした。

「なんで？」

「宝、卒業したらいなくなるし。剣道《けんどう》もどうするのか知らねーけど、続けるんだとしても、試合はそうそう見られなくなるだろ。あげはのほうこそ、さびしいんじゃねーの？」

あんなに、宝、宝と言っているし、宝のことをじっと見ていたりするし。もしかして、もしかしたら、と、さすがの善太も察している。

あげはは目をぱちくりさせた。

「それは、さびしいけど。でも、二人とも応援《おうえん》するよ。がんばってほしいし、いい試合してほしい。強くなってほしいとも思ってるよ。それでいつかはどっちも、わたしが倒《たお》すんだ」

最後、不穏《ふおん》な一言を聞いたような。あげはは明るく笑った。

「女の子だからって負けないよ。きらいだもん」

「えっ、おれらのことが？」

「ちがうよ。負けることだよ。だから二人の剣道《けんどう》を、よーく観察してるの」

あ、そっちか。善太はこっそり息を吐《は》いた。

「じゃあさ、抜《ぬ》き胴《どう》って、どうやったらうまくなると思う？」

「抜き胴？　なんで？」

「宝がすげー得意じゃん。だからおれも、できるようになっといたほうがいいのかなって。あと宝って動き速いから、おれも追いつけるようになんないと。時間あんまないけどさ」

「それ、絹先生には相談した？」

「や。今回はあんま頼《たよ》らないで勝ちたいんだよな。おれも卒業したら剣道《けんどう》続けるかわかんねーし、やめたら絹先生に教わることもなくなるし」

「だったらなおさら、今のうちに教わっておいたほうがよくない？」

「おれももう、自分で考えて戦えるんだぜーって、最後に見せたいんだ」

善太が頭をかくと、あげはは笑いを引っこめ、善太の背中《せなか》を強く叩《たた》いた。

「善太、今すぐダッシュでおつかい終わらせて、わたしの家に来て。竹刀《しない》と、あと防具《ぼうぐ》もいちおう持ってきて。わたしも急ぐから」

「え？　なんで？」

「いいから早く！」

あげはは善太を一喝《いっかつ》すると、ハンドルを握《にぎ》り、立ちこぎであっという間に走り去った。


状況《じょうきょう》がよくわからないまま、善太は言われたとおり竹刀と防具一式を持って、あげはの家に向かった。広々とした庭に竹刀を持って立っていたあげはは、善太の姿《すがた》を見るなり、

「今から宝くんみたいになろうとしても、宝くんは超《こ》えられないよ」

試合のときのような、鋭《するど》い表情《ひょうじょう》で言い放った。

「まず、抜《ぬ》き胴《どう》ね。あれは面をかわして打つんだよ。でも宝くん、そもそも面をそんなに打って

こないでしょ。善太が相手じゃなおさら。近くまで踏《ふ》みこまなきゃ、届《とど》かないもん」

善太はたじろぎながらも、うなずいた。

「確《たし》かに」

「それと動き。宝くんは前後だけじゃなくて左右の動きも速いから、やりづらいよね。でもムキになって深追いすると、ぱーん！　ってやられるよ。善太はとにかく落ち着いて、集中しないと」

「た、確かに」

「宝くんが、どんどん前に出て打ってくるタイプなら、善太は負けないと思う。けどそうじゃないからね。迫力《はくりょく》はないけど隙《すき》もないから、チャンスと思ったときにぱっと反応《はんのう》できないと、勝つのは大変だよ」

次々、すらすらと指摘《してき》され、善太はあっけに取られた。あげはの観察眼《かんさつがん》が、まさかここまでとは。今試合をしたら、勝てる気が全然しない。

「あげは、なかなかやるな。おれをよく見ている。参考にしないこともない」

「あのね。言っとくけど、絹先生だって同じこと何回も注意してるからね」

「そうだっけ？」

へへへと善太が笑うと、あげはははため息をついた。

「聞く準備《じゅんび》のない人には、届《とど》かないものだね。まあいいや。ちょっと待ってて」

そう言って、あげはは家の中に入ると、物差しのような棒《ぼう》を数本とビニールテープを手に戻《もど》ってきた。

「善太、竹刀《しない》一本もらっても平気？　新しくないのがいいかな」

「オッケー」

善太は竹刀袋《しないぶくろ》から一本抜《ぬ》き出《だ》し、あげはに渡《わた》した。あげはその竹刀の上に、持っていた棒を四本、テープでぐるぐるに巻《ま》きつけた。

「なあ、今、いっしょに巻いたのって、竹？」

「そう。古い竹刀の竹片《ちくへん》だよ。割《わ》れたり折れたりしてないやつは、ばらして取っておいたんだ」

竹刀は、四本の竹片を一つにまとめて組み上げられている。四本のうち一本でもだめになったら、その竹刀を使ってはいけないと絹先生に言われていた。少しの割れでも竹刀は折れやすくなり、相手にけがをさせる恐《おそ》れがあるからだ。

「これ、前に絹先生が教えてくれたの。こうやって重くした竹刀を振《ふ》ってから、いつもの竹刀で素振《すぶ》りすると、すごく軽く感じるよ。力もつくし。あ、でもあんまり振りすぎないでね。腕《うで》とか肩痛《かたいた》めたら大変だから」

はい、とあげはに渡された竹刀を、善太はしげしげとながめた。

「こんなんしなくても、ふつうに重い木刀《ぼくとう》とか振《ふ》ればよくねえ?」

「それもいいけど、このやり方なら竹刀《しない》の重さを自由に調節できるでしょ。束にする竹片《ちくへん》の数を変えるだけだもん。おこづかいも使わなくて済《す》むし」

なるほど。さすが、あげははしっかりしている。

善太は特製竹刀《とくせいしない》をゆっくり、ていねいに振ってみた。それほど重くは感じないけれど、これくらいの負荷《ふか》なら、素振《すぶ》りも無理なく回数をこなせそうだ。

「これで鍛《きた》えて、ぱかーんって面決めて宝に勝ったら、気持ちいいだろうなー」

想像《そうぞう》してみる。宝と向き合い、その剣先《けんせん》を弾《はじ》いて踏《ふ》みこみ、振りかぶった竹刀を思い切り宝の面へ――……。

打ちこむより先に、善太の右《みぎ》わき腹《ばら》が鈍《にぶ》く痛《いた》んだ。

身体《からだ》に直接刻《ちょくせつきざ》まれた記憶《きおく》は、頭のそれよりずっと鮮明《せんめい》で、強烈《きょうれつ》だ。

「いいんじゃないかな。得意技《とくいわざ》で勝負して」

善太に差した影《かげ》を、あげはの一言がすぱりと斬《き》る。

「善太はずっと、面にこだわってきたでしょ?」

誰《だれ》もが最初に練習する面打ち。単純明快《たんじゅんめいかい》なように見えて、奥《おく》の深い技。それゆえに、剣士《けんし》の格《かく》が表れるのだと、昔、絹先生が教えてくれた。

「そうだな」

善太がうなずくと、あげはは力強く両手を握《にぎ》った。

「ね、これから奉納試合《ほうのうじあい》までの間、くすのきに行く前にうちにおいでよ。それでちょっと稽古《けいこ》しよう。わたし、つき合うよ。抜《ぬ》き胴《どう》打ってあげるから」

「えっ、マジで？　宝じゃなくて、おれに？」

舞《ま》い上《あ》がりそうになって、いや待てよ、と思い直す。

「あげは、もしかして、宝の抜き胴、盗《ぬす》もうとしてる？」

尋《たず》ねると、あげはは目を輝《かがや》かせた。

「見取《みと》り稽古《げいこ》したら、試《ため》さないとね」

「おれを打ちこみ台にする気かよ」

「お互《たが》い打つんだから台じゃないでしょ。それより早く防具《ぼうぐ》つけて」

声を弾《はず》ませながら、あげはは髪《かみ》から蝶々《ちょうちょう》のヘアピンを外す。

「あ、それ」

善太が気まずくヘアピンを指差すと、あげはは「そうだよ」とほおをふくらませた。

「これはね、わたしにとって、すごく大事なものなんだよ。今度同じことやったら、ぜーったい許《ゆる》さないからっ」

「へー。超《ちょう》高かったとか？　あ、好きなアイドルとおそろとか？」

「ちがうよ。全っ然ちがう」

「んじゃなんで？」

あげははへアピン二本を白いハンカチでていねいに包み、笑った。

「善太にはないしょ」


翌日《よくじつ》、あげはと秘密《ひみつ》の特訓をこなしてから、二人でくすのきの稽古《けいこ》に向かった。

体育館に着くなり、善太は宝のもとに走る。

竹刀《しない》をていねいに点検《てんけん》していた宝は、善太が声をかけるよりも先に顔を上げた。

「なあなあ、おまえ、特製《とくせい》竹刀の作り方知ってる？　竹片《ちくへん》を竹刀に巻《ま》きつけるんだけど、あれ、重さの調節がしやすくていいぞ。おまえにも作ってやろうか？」

「大丈夫《だいじょうぶ》。ぼくは軽いの使う」

「ふーん。あ、おれ、今すげー秘密の特訓してるから。素振《すぶ》りなんか毎日二千回くらいしちゃってるから。覚悟《かくご》しとけよ」

「大丈夫。ぼくも秘密で素振りとかしてる」

「マジか。でも今度こそ、おまえの頭に稲妻《いなずま》落とすからな」

「阿久津くんは、また胴《どう》に気をつけて」

二人の会話を聞いていたあげはが、けげんそうに眉《まゆ》をひそめた。

「……二人とも、勝負、するんだよね？」

「おお」

「する」

迷《まよ》いなく答えた二人を交互《こうご》に見て、あげはは困惑顔《こんわくがお》でうなずく。

「にしてもおまえ、やーっぱり、おれの胴抜《ぬ》こうとしてんだな」

口をへの字にしてみせると、宝は控《ひか》えめに笑い、善太を見上げた。

「うん。いつでも」

答える声はささやきに近く、挑発《ちょうはつ》の色も、余裕《よゆう》の響《ひび》きも感じなかった。それでも宝の目の中に、星が流れる寸前《すんぜん》の、あの瞬《またた》きを見たような気がした。

こいつ、と思う。もう油断《ゆだん》しねーぞ、と誓《ちか》う。自分はすでに、宝の正体を知っている。

気持ちを改めて勝負に挑《いど》もう。でも、その前に。

「あのさ、そもそもだけどさ、なんでおれが面を打つってわかんの？」

善太が頭をかくと、宝はきょとんとした。

「毎回、わかるわけじゃない。わかったからって、抜《ぬ》き技《わざ》が決められるわけじゃない」

「そりゃそうだ。でもバレる理由がわかれば、こっちも防《ふせ》ぎようがあるし。教えて？」

「いいよ」

あげははは腕組《うでぐ》みをして、二人の顔をのぞきこんだ。

「……二人とも、本気で、真剣《しんけん》に、勝負するんだよね？」

「おお」

「する」

宝は善太に向き直ると、説明を始めた。

「ええと。たまに、じっとぼくの面から視線《しせん》が動かないときとか、打つ瞬間《しゅんかん》にぐっと体が前に傾《かたむ》いたときとかは、面に来るかなって思う」

「なるほど。打ちたいとこ見ちゃうくせって、なかなか直んねーな」

「あと阿久津くん、打つ前に、ふっ！　て強く息吐《は》くときある。たぶん、ここぞ、っていうとき。そうするとだいたい、面。たまに小手《こて》」

「げっ、おれそんなくせあんのか。やばいな。おまえもたまに、おれに面打とうとするとき、あご上がるぞ。チビ相手だとならないけど」

「うん。二人とも、直したほうがいい。じゃないと、負けちゃう」

「だな。稽古《けいこ》のとき、気をつけてやってみよーぜ！」

「うんっ」

あげははもうなにも言わず、盛大《せいだい》にため息をついた。その様子を遠くで見ていた絹先生は、口に手を当て、目を細めた。

四章 冬

一

おだやかに晴れた朝だった。

楠宮神社《くすみやじんじゃ》の石の鳥居《とりい》をくぐり、社務所《しゃむしょ》のわきを通って階段《かいだん》を上り切ると、視界《しかい》が一気に開ける。石畳《いしだたみ》の参道が続く先に本社があって、今日はその横にテントが設置《せっち》されていた。参道をはさんで片側《かたがわ》に神楽殿《かぐらでん》、その向かい側の広々としたスペースが、今日の試合場だ。地面に直接《ちょくせつ》引かれたラインの内側で、奉納試合《ほうのうじあい》は始まっている。その様子を、しめ縄《なわ》を巻《ま》かれた大きなご神木《しんぼく》が見下ろしていた。

屋根も壁《かべ》も板張《いたば》りの床《ゆか》もない、宝《たから》が初めて経験《けいけん》する野試合《のじあい》だ。

試合場の近くには、細長いマットが二枚《まい》つなげて敷《し》かれていて、試合の順番が近い選手たちが、その上で身支度《みじたく》を整えている。宝もスニーカーを脱《ぬ》いで上がり、正座《せいざ》した。竹刀《しない》は自分の左側に、甲手《こて》は右前に並《なら》べて置いて、その上に手ぬぐいが入った面をのせる。

背中《せなか》には、すでに紅《あか》いたすきが結んであった。

神社の階段《かいだん》を使ってアップしていたとき、名前を呼《よ》ばれた。振《ふ》り向《む》くと、のんびりと笑う母親の隣《となり》に、気まずそうな顔をした父親も立っていた。

「探《さが》したのよ。たすき、絹《きぬ》先生から預《あず》かってきたからつけてあげる。紅白《こうはく》どっち？」

宝が答える前に、父親が母親の手から紅いほうを抜《ぬ》き取《と》った。

試合では、対戦表で先に名前が出ているほう、つまり左か上、もしくは番号の若《わか》いほうが、紅のたすきをつける。奉納試合《ほうのうじあい》の対戦表で、宝の名前が善太《ぜんた》より左側にあったから、紅で正しい。

「背中を」

宝は着ていたベンチコートを脱いで母親に渡《わた》し、父親に背中を見せた。垂《たれ》と胴《どう》はもうつけてあった。一歩、父親の気配が近づく。背中の、胴ひもが交差する部分にたすきを通し、結ぶ。そのぎこちない手の動きが伝わってくる。

気配が離《はな》れる寸前《すんぜん》、とん、と背中に小さな振動《しんどう》を感じた。

あれは叩《たた》いたのか、それとも、ただ手が当たったのか。

隣で準備《じゅんび》していた選手が立ち上がる。どうやら試合の順番がきたらしい。彼《かれ》らの次が、宝たちの番だ。

宝は両手を前についた。手の上に、ちらちらと葉陰《はかげ》が揺《ゆ》れる。深く頭を下げて一礼。姿勢《しせい》を正したところで、善太がやってきたのが足音でわかった。宝と間を空けて、無言で座《すわ》る。今日まで一度も、まともに目を合わせていない。まだ、合わせられない。

二人とも黙《だま》ったまま、試合の支度《したく》を始めた。

胸《むね》の上あたりに結び目のある胴《どう》ひもを、もう一度ほどいて結び直す。それから、腰《こし》の後ろのひもも。

剣道着《けんどうぎ》、袴《はかま》、垂《たれ》、胴。剣道の身支度では、何回もひもを結ぶ。その結び目の数だけ、自分と約束する。

精一杯《せいいっぱい》がんばろう。

全力を出し切ろう。

手ぬぐいの端《はし》を持ってぴんと広げ、頭にのせる。ゆるまないようきっちり巻《ま》いて、面をかぶり、頭の後ろで面ひもをかたく結んだ。

よし。

甲手《こて》をはめ、竹刀《しない》を持って立ち上がる。マットを下り、裸足《はだし》で踏《ふ》む土は、ひんやりとして冷たく、少しぺたぺたする。軽く足踏《あしぶ》みしていると、横から強い視線《しせん》を感じた。

深呼吸《しんこきゅう》してから、そっと隣《となり》を見て、はっとする。

白い。

善太は白の剣道着《けんどうぎ》に、同じく白の袴姿《はかますがた》だった。汚《よご》れも乱《みだ》れもない。よくしわになっていた袴は、ひだの一本一本がぴしりと伸《の》ばされ、足元にまっすぐ流れ落ちている。

構《かま》えすぎている感じがするから、絶対《ぜったい》に着ないと言っていたのに。

宝は善太と逆《ぎゃく》に、剣道着も袴も紺色《こんいろ》でそろえていた。持ってはいたけれど、男らしすぎる気がして、どうにも着られなかった組み合わせ。

面の中で、善太がにやりとする。宝もほんの少し、口角《こうかく》を上げた。

「宝くん、善太くん」

二人のもとに、絹先生とあげはが近づいてくる。

「すべてを尽《つ》くして、悔《く》いのないよう、戦ってきなさい」

「二人とも、がんばってね」

あげははすでに試合を勝利で終えていた。自信に満ちた笑顔《えがお》がまぶしくて、目を細めながらうなずいていると、前の二人の試合が終わった。続いて宝と善太の名前が呼《よ》ばれる。

「さあ、いってらっしゃい」

「はい」

歩き出すと、「あっ」とあげはが声を上げた。

「宝くん、たすきの結び目がちょっと変。直してあげる」

手を伸《の》ばそうとしたあげはに、宝は首を振《ふ》り、笑った。

「このままで、大丈夫《だいじょうぶ》。ありがとう」


試合時間は三分間の一本勝負。延長《えんちょう》はなし。制限時間内《せいげんじかんない》に決着がつかない場合は、判定《はんてい》で勝敗が決まる。

宝と善太は互《たが》いに礼をして、目を合わせたまま試合場中央の開始線まで進み、蹲踞《そんきょ》する。

面は不思議だ。周りからしたら表情《ひょうじょう》がわかりづらくなるだけだろうけれど、面をかぶった同士で向かい合うと、相手のまなざしが強さを増《ま》してこちらに届《とど》く。宝は視線《しせん》をそらしてしまわないようにがんばった。

「始めっ」

「やあっ」

宝は先に声を上げた。左足で地面を軽《かろ》やかに蹴《け》り、跳《と》ぶ。

「コテっ、コテ、メンっ」

小さく鋭《するど》い三連撃《れんげき》。防《ふせ》いだ善太へ弾《はず》みをつけて体当たりする。藍色《あいいろ》の胴《どう》と赤い胴がぶつかって

鳴った。つばぜり合いになりかけたところで、

「ドォーっ」

善太の右胴《みぎどう》を後ろに下がりながら狙《ねら》う。流れる剣先《けんせん》。その軌跡《きせき》は善太の竹刀《しない》でぱちんと断《た》たれた。

「めぇん！」

宝は上体を反らして反撃《はんげき》をかわし、一気に後退《こうたい》した。追い打ちの届《とど》かない場所で、細く息を吐《は》く。

試合が始まって、先に攻撃《こうげき》できた。

おそれや緊張《きんちょう》を払《はら》いのけ、自分を奮《ふる》い立《た》たせ、相手へプレッシャーを与《あた》える。自分から声を出して打ちかかるのは、それだけのためではない。

『ぼくは主導権《しゅどうけん》も勝利も渡《わた》さないよ』という意思表示《いしひょうじ》。

宝から善太への、宣戦布告《せんせんふこく》だ。

第一目標、クリア。

宝はじっと善太を観察した。視線《しせん》は定まっていて、肩《かた》もいからせていない。身体《からだ》は左右どちらにも傾《かたむ》かず、まっすぐだ。その中心で竹刀が宝を待《ま》ち構《かま》えている。

まだ、落ち着いている。

宝は前に出ながら、剣先《けんせん》を軽く右に開いてみた。

稲妻《いなずま》、落としにきていいよ。

あえて面を空ける。善太の腕《うで》がかすかに動いた。つっ、と視線《しせん》が下を向く。

あ。

宝のセンサーが反応《はんのう》した。竹刀《しない》が左に払《はら》われ、むき出しになった右小手《みぎこて》に善太が斬《き》りこんでくる。宝は飛びずさった。

細められた善太の目が、お誘《さそ》いにはのらねーよ、と言っている。

残念。

善太が一歩前に出る。宝はそのぶん一歩下がる。善太が右に動くなら、右へ。左なら、宝も左へ。押《お》され、流れて、慎重《しんちょう》に間合いを計っていると善太が強く息を吐《は》いた。次の瞬間《しゅんかん》、剣先がぐんと宝の左目に迫《せま》る。思わずのけ反った。ぎりぎりで攻撃《こうげき》を受け止めたところへ、すかさず追撃《ついげき》が来る。交差する竹刀が、連続で爆《は》ぜた。

善太の繰《く》り出《だ》す一撃《いちげき》は、重い。受けているだけで体力がみるみる削《けず》られる。

宝はじりじりと後退《こうたい》し、ラインの近くまで下がった。

この位置で体当たりをこらえ切れなければ、場外。宝の反則《はんそく》一回だ。

善太が声を上げ突進《とっしん》してくる。加速して落ちてきた竹刀を受け止めながら、宝は右にするりと身体《からだ》をさばく。

勢《いきお》いのついていた善太は、ラインを越《こ》える寸前《すんぜん》でかろうじて踏《ふ》み止《とど》まった。

大きな身体をぐらつかせながら、振《ふ》り向《む》く。

ここだ。

「コテっ」

ぱすん、と頼《たよ》りない音がした。スナップをきかせて二撃目《げきめ》を放つ。

「メンっ」

竹刀《しない》は善太の面金《めんがね》の下部に当たった。突《つ》っこんだ宝の頭と善太のあごが、がつんとぶつかる。

つば元をがっちり合わせ、左右に動きながら善太を押《お》した。すぐ上から届《とど》く燃《も》えるような視線《しせん》を、真正面から弾《はじ》き返《かえ》す。

つばぜり合いのまま、膠着《こうちゃく》が続いた。

——分かれるか？

——分かれよう。

互《たが》いに目配せし、しかし油断《ゆだん》なく剣先《けんせん》で相手を制《せい》しながら、下がって間合いをいったん切る。

届かなかったけど、いい感じで面を打ててる。

第二目標、クリア。

床《ゆか》とちがってわずかに凹凸《おうとつ》のある地表を足裏《あしうら》で感じながら、すべるように善太に近づく。力強く構《かま》える善太は、立っているだけで宝を圧《お》してくる。

阿久津《あくつ》くん、今、なにを考えてる？

次、どう攻《せ》めようとしてる？

宝の戦ってきた相手は、たいてい、宝よりも大きかった。チビで見るからに弱そうな宝を、のんでかかってくる相手も少なくなかった。面金《めんがね》からのぞく高圧的《こうあつてき》な表情《ひょうじょう》。まるで打ちこみ台に浴びせるような乱打《らんだ》。怖《こわ》いけれど、怒《いか》りはわかない。宝は素直《すなお》にのみこまれ、その腹《はら》の内側から、すぱんと斬《き》ってきた。

でも、今日は……。

善太の気配を読みつつ、右から、左から、竹刀《しない》を細かくぶつける。

すぐ攻めてはこないんだね。悩《なや》んでる？　それとも、迷《まよ》ってる？

ぼくは言ったよ。

『胴《どう》に気をつけて』って。

二

流星を打ち落とすのは大変だって、最初からわかってたからな。

善太は鋭《するど》く声を上げ、静かに迫《せま》る宝の気配を押《お》し返《かえ》した。

あせらないし、急がない。さっきお誘《さそ》いいただいたし、今すぐにでも突《つ》っこんでいって、稲妻《いなずま》を落としてやりたいのはやまやまだけど。

今日のおれは、今までのおれと一味ちがうぜ。

「善太がんばれー」

父親の声援《せいえん》が聞こえる。運よく仕事が休みで、ようやく試合を見に来てくれたのだ。しかし、よけいなオマケもついてきている。

「え、善太、動き速くない？」

「見えなすぎ。ウケるー」

「熊《くま》はわりと俊敏《しゅんびん》なんだよ」

でっけー声。うるせえな。姉ちゃんたちは見なくてよろしい。

たん、と宝の右足が地面を鳴らした。上がろうとしたその手元を、

「こてぇえっ」

善太が素早《すばや》く叩《たた》くのと同時に、自分の右小手《みぎこて》の上で竹刀《しない》が跳《は》ねる。

「コテっ」

——斬《き》ったのはおれだ。

——ぼくが斬った。

互《たが》いに残心《ざんしん》を示《しめ》しながら、再《ふた》び足をするようにしてにじり寄《よ》る。

上がったのは、善太のたすきの色、白旗が一本。ほか二名の審判《しんぱん》は、旗を両方とも下で左右に振《ふ》っている。善太の打突《だとつ》は有効《ゆうこう》と認《みと》めない、という意思表示《いしひょうじ》だ。赤旗が上がらなかった宝の小手も、同様に無効《むこう》。

今日の審判は三人ともなかなか旗が重い。一本勝負だから判定《はんてい》が厳《きび》しめなのか。

うーん。惜《お》しかった。次はしっかり打ち切るぞ。

いつもならいらいらするところだけれど、今日は平気。むしろ余裕《よゆう》。

ま、なんたっておれ、素振《すぶ》り千回こなしてきたし。

あげはとの特訓とは別に、善太がもう一つ自分に課したのが、一日千回の素振りだ。数をごまかしたくなるのをこらえ、善太は毎日、家の庭で竹刀《しない》を振った。通常《つうじょう》の竹刀と、あげはの作ってくれた特製《とくせい》竹刀とを、交互《こうご》に使いながら。

秋が深まり、冬が来て、日ごとに陽《ひ》が落ちるのは早くなった。夕方と夜の間、紺青《こんじょう》に染《そ》まる空の下で、竹刀の白い先革《さきがわ》が何度も宙《ちゅう》に線を引いた。

その無数の白い線は、善太のもろかった集中の糸とより合わさった。

だからその糸は、簡単《かんたん》には切れない。

期待してるなら、残念でしたー！

善太は猛然《もうぜん》と宝に攻《せ》めかかった。

小手《こて》、面、面。すべて止められる。さらに続けて打った面を、宝はふわりと下がってかわすと、ばねに跳《は》ね返《かえ》されたように前へ飛び出す。

「メンっ」

その軌道《きどう》を善太は竹刀《しない》でそらす。宝の剣先《けんせん》が善太の右肩《みぎかた》を打った。突《つ》っこんできた宝の頭が、善太の左拳《ひだりこぶし》に当たってよろける。善太は下がりながらすかさず面を放った。宝はバランスを崩《くず》しながらも素早《すばや》く守り、追ってくる。

どたどた後退《こうたい》する善太の足が、不意に袴《はかま》のすそを巻《ま》きこんだ。

「うおっ」

善太は後ろにひっくり返った。ふっ飛びそうになる竹刀をあわてて右手でつかまえる。そのとき、頭上で殺気が光った。宝の剣先が天を突く。

血の気が引いた。

斬《き》られてたまるか。善太は右腕《みぎうで》一本で竹刀を振《ふ》り上《あ》げる。ぱあん！　と音をたて、顔の前で竹刀が十字に交わった。

間一髪《かんいっぱつ》。

こいつ。善太は目を見開いた。いっさいのためらいなく、打ち下ろしてきやがった。

「止《や》めっ」

いったんの中断《ちゅうだん》ののち、試合を再開《さいかい》する。

宝と対峙《たいじ》したまま、息を吐《は》くのもままならない。その瞬間《しゅんかん》に斬《き》られそうだ。しかも宝の打突《だとつ》は、徐々《じょじょ》に鋭《するど》さを増《ま》してきている。

ひたいに、じわりと汗《あせ》がにじんだ。

誰《だれ》と試合をしていても、打たれることなんか、全然怖《こわ》くなかった。自分が打つことばかりに夢《む》中《ちゅう》だった。戦う相手を前にしながら、一人遊びをしていたのだ。だから怖くもなかったし、すぐ飽《あ》きた。

だけど、今はちがう。

善太は宝の剣先《けんせん》を、上から力をこめて押《お》さえた。

怖くていい。怖いほうが、楽しい。

するりと逃《に》げた宝の竹刀《しない》が、善太の竹刀を鋭く払《はら》った。

「メンっ」

宝の一撃《いちげき》を受け止めた。その下から、ずずっと、胸《むね》に疑問《ぎもん》を差しこまれる。

なんで、今日のおまえは、こんなに面を狙《ねら》ってくるんだ？

何度も何度も、まるで、なにかを確認《かくにん》するみたいに。

三

なんで面ばっかり？　って、思ってるかな。

面を止められた宝はいったん離《はな》れ、再《ふた》び、自分から攻《せ》めかかった。

善太はおそらく面にこだわって稽古《けいこ》を積《つ》み、今日の試合を迎《むか》えただろう。けれど得意技《とくいわざ》のレベルアップ以外にも、勝率《しょうりつ》を上げる方法はある。

たとえば、得意技を活《い》かすために、『見《み》せ技《わざ》』のほうをみがく、とか。

宝は、面打ちへの苦手意識《にがていしき》をなくしたかった。

だから絹先生の家へ、タイヤ型の打ちこみ台を借りにいった。上部のタイヤと土台をつなぐ金《きん》属《ぞく》のパイプは伸縮調節《しんしゅくちょうせつ》が可能《かのう》で、タイヤの高さが善太の頭と同じくらいの位置に来るよう合わせてもらった。踏《ふ》みこむ怖《こわ》さに慣《な》れるため、パイプに竹刀《しない》をくくりつけ、剣先《けんせん》が自分に向くよう工《く》夫《ふう》もした。打突《だとつ》の姿勢《しせい》にも気をつけながら、打ちこみ台に向かってひたすら面を放った。絹先生はたまに様子を見にきたけれど、ほとんど口ははさまず、宝の自由にさせてくれた。

自宅では、桐《きり》の木刀《ぼくとう》で一日千回の素振《すぶ》りを続けた。一回目も千回目も、変わらずていねいに振《ふ》ることを心がけ、絹先生に言われたとおり、刃筋正《はすじただ》しい振りをしっかり身につけようと思った。

その効果《こうか》は、ここから見せる。

打って、離《はな》れて、また打ちにいく。細かく足を動かし続け、善太の間合いには長居《ながい》しない。善太も機を見てしっかり応戦《おうせん》してくる。小手《こて》面、面面、小手面胴《どう》と。

今日は連続技《れんぞくわざ》が多いね。面の一本打ちで、胴を抜《ぬ》かれないか警戒《けいかい》してるのかな。

宝は短く声を上げ、ぱっと横に両足を開いた。竹刀《しない》を左肩《ひだりかた》に軽くかついで沈《しず》みこむ。

今度は、来る？

誘《さそ》いに応《こた》えるように地面が揺《ゆ》れた。

遠間《とおま》から一息に踏《ふ》みこんできた善太の剣先《けんせん》が、ぐわりと迫《せま》る。

行きます。

「めぇえんっ」

「ドーっ」

右斜《みぎなな》め前《まえ》に出ながら、善太の面打ちをかわす。

かわした、はずの竹刀が、宝の左面をかすめて落ちる。間合いがつまった。

腕《うで》を、振り抜けない！

宝の竹刀《しない》は善太の右胴《みぎどう》で鈍《にぶ》い音を立てた。くるりとその場で回転して向きを変え、残心《ざんしん》を示《しめ》す。

赤と白、どちらの旗も上がらない。

つ、つぶされちゃった。

足元から冷気がはい上がってくる。鳥肌《とりはだ》が立った。試合中に暑さや寒さが気になるなんて、初めてだ。

今までなら決まっていた技《わざ》がつぶされた。面を、かわし切れなかった。想像《そうぞう》以上に伸《の》び、速く落ちてきた。

すごいな。

これ、ぼく、勝てるのかな。

足がすくむ。やっぱりぼくは、ビビりのザコキャラだ。阿久津くんや水原《みずはら》さんが、ときどきその内側で光らせるような、高いプライドは持ってない。強烈《きょうれつ》な意地も、絶対《ぜったい》のこだわりもない。

でも、だからこそ捨《す》てていける。

ここまでの自分なんて。

宝は短く息を吸《す》うと、全身を震《ふる》わせて雄叫《おたけ》びを上げた。にぎやかだった試合場の周りが、一瞬《いっしゅん》静まる。

けれど善太は動じなかった。宝の気勢《きせい》をがっしりと受け止め、さらにかぶせるように咆哮《ほうこう》した。

——来い。

——行くよ。

両手から竹刀《しない》の柄頭《つかがしら》、剣先《けんせん》へと、血を通わせるように意志《いし》をこめる。

さっきは決まらなかったけど、抜《ぬ》き胴《どう》の動作を見せつけることはできた。

第三目標、クリア。

息を吐《は》き切《き》り、宝はかすかに笑った。

阿久津くん。

ぼくは、後ろでも隣《となり》でもない、阿久津くんの向かい側に、堂々と、立てる自分になりたいって、思ったんだよ。

次は決める。

捨《す》てて、勝つ。

風が、背中《せなか》のたすきを揺《ゆ》らした。宝はどきどきしながら、薄氷《はくひょう》を、あえてぶち割《わ》るように踏《ふ》みこんでいく。

四

あ、あっぶねー。やっぱり、胴《どう》を抜《ぬ》こうとしてきたか。

ふ、と善太が息をこぼした刹那《せつな》、宝が動いた。

すかさず始まる、激《はげ》しい連撃《れんげき》。受け止め、つぶす。まるで流星群《りゅうせいぐん》が善太目がけて降《ふ》ってくるようだった。夏休み、冬になったらまた流星を見ようと約束した。すっかり忘《わす》れていたのに、こんな形で果たされている。

宝は剣道《けんどう》を始めて三年弱。重ねた稽古《けいこ》時間は善太の約半分。

それでこんなにぴかぴかされると、ほんと、やんなっちゃうね。

善太は口《くち》の端《は》を、にっと引き上げた。

もっともっと、本気で、鬼《おに》みたいに打ってこい。

打つ前に『ごめんね』って顔されるよりは、ずっといい！

攻撃《こうげき》をしのぎながら、宝を中心に、その周りへと視野《しや》を広げる。

流れる星をとらえるには、一点ではなく、星を含《ふく》めた空全体を見ること。

そうすれば、きっと、この手で落とせる。

善太も攻撃《こうげき》に転じた。竹刀《しない》が身体《からだ》の一部のようだ。軽い。その先端《せんたん》まで完全に、自由に操《あやつ》れる。攻《せ》め合《あ》い、ぶつかり合い、火花が散るようなつばぜり合いのあと、互《たが》いに分かれて見つめ合った。

——もうすぐだな。

——もうすぐだね。

土で汚《よご》れた剣道着《けんどうぎ》の内側で、雷《かみなり》が落ちる前触《まえぶ》れのように、肌《はだ》がぴりぴりと反応《はんのう》する。

おまえの面は、見《み》せ技《わざ》、だよな。

今日の宝は頻繁《ひんぱん》に面を攻めてきた。それはおそらく、下の技、胴《どう》を活《い》かすための見せ技。勝利への布石《ふせき》だ。善太が不用意に面をかばったり、むやみに面を打とうとしたりして、ひょいと隙《すき》を見せたが最後、一瞬《いっしゅん》で胴を斬《き》りにくる。

小手《こて》面か、面の二連撃《れんげき》か。面の一本打ちは危《あぶ》ないよな……。

どくどくと暴《あば》れる心臓《しんぞう》の、裏側《うらがわ》が少しだけ寒くなる。剣先《けんせん》を迷《まよ》わせると、宝にすぐ小手を狙《ねら》われた。一歩引いて防《ふせ》ぎ、反撃《はんげき》に出ようとしたときにはもう、宝は守りを固めている。善太が攻めあぐねていると、

『輪切りだよっ』

耳の奥《おく》に、あげはの声がよみがえった。

「ねえっ、なんか遅《おそ》いっ」

二人での稽古《けいこ》の最中、あげはもどかしそうに何度も叫《さけ》び、何度も怒《おこ》った。

「善太の面、いつもとちがう。全力で打ってないでしょ。練習なのに、なに怖《こわ》がってるの？」

「うるせー、別に怖がってねーよ」

うそだった。面を打つときは手元が上がって、胴《どう》が必ずがら空きになる。胴をかばう意識《いしき》が生まれれば、面打ちの勢《いきお》いは削《けず》られる。しかもあげはの抜《ぬ》き胴《どう》は、宝や絹先生とちがってへたくそで、よけいにおっかなかった。

「人のわきとか腕《うで》とかさんざん打っておいて、えらそうにすんなよ」

くやしまぎれに言い返すと、あげははさらに畳《たた》みかけてきた。

「だって本当のことだもん。善太は守りながら攻めようとしてるんだよ。迷《まよ》いながら面打たれたって、ぜーんぜん怖くない。そんな善太、余裕《よゆう》で輪切りだよっ」

「人をハムみたいに言うなっ。次だ次、もう一回、行くぞ！」

かっこつけるのも忘《わす》れ、ぎゃあぎゃあ言い合いながら続けた稽古を思い出す。正直、効果《こうか》のほどはわからないけれど、やすやすと輪切りにはされない。ハムじゃないし。

善太は雄々《おお》しく声を上げ、胴への意識を切《き》り離《はな》した。

宝。

おれ、面打ちは剣士《けんし》の格《かく》だと思ってる。

相手のど真ん中を割《わ》って勝つのが、いちばんかっこいいって信じてる。

だから、貫《つらぬ》いて、勝つ。

乾《かわ》いて冷たい白刃《はくじん》の風が、試合場を吹《ふ》き抜《ぬ》ける。神社の境内《けいだい》を囲む木々がいっせいにざわめいた。

さあ集中、もっと集中。最高の面を決めて、宝よりも前に行くんだ。兄弟子《あにでし》として！

善太と宝は遠い間合いを保《たも》ったまま、一つの円を描《えが》く。きっかけを探《さが》す。二人の頭上で、ご神木《しんぼく》の楠《くすのき》の枝《えだ》が、ゆらゆらと揺《ゆ》れている。

善太は前に出た。すると宝も距離《きょり》をつめてくる。さらにもう一歩。二人をつなぐ一本の糸を、互《たが》いに手繰《たぐ》り寄《よ》せるように、近くなる。

遠かった竹刀《しない》が、剣先《けんせん》と中結《なかゆい》の間で交差し、かち、と触《ふ》れ合《あ》う。

軽く一歩踏《ふ》みこむだけでおまえに届《とど》く、ここは、おれの間合いだ。

ふつりと、善太の周りから音が消えた。それから、風景が消えた。宝の姿《すがた》だけが、くっきりと浮《う》き上《あ》がった。

その中心をとらえ続けながら、つま先《さき》をわずかに浮《う》かせたとき。

コマ送りのように進む世界で、善太の目が小さな変化をとらえた。

宝の視線《しせん》が、一瞬《いっしゅん》、ほんの一瞬、上を向いた。つられてあごがかすかに上がる。

善太の身体《からだ》に電流が走った。

察知。

判断《はんだん》。

行動。

3ステップが電光石火の速さでつながる。善太が動き出すと同時に、宝も閃光《せんこう》のように飛び出した。白い剣先《けんせん》がすべるように目の前へ近づく。善太は腕《うで》を伸《の》ばし、勝利への最短距離《さいたんきょり》を最速でなぞる。


——落ちろ！


「メンっ！」

「めぇん！」

竹刀《しない》を宝の脳天《のうてん》に振《ふ》り下《お》ろす。剣先が伸びやかに走る。高く、濁《にご》りのない音が二つ、重なって響《ひび》いた。

相面《あいめん》。

善太の竹刀《しない》も宝の竹刀も、相手の面を打った。面金《めんがね》が悲鳴を上げ、視界《しかい》が揺《ゆ》れる。相手の中心を叩《たた》き斬《き》った手応《てごた》えが、びりびりと伝わる。

両腕《りょううで》を上げたままぶつかり、弾《はじ》き合《あ》い、互《たが》いに剣先《けんせん》を向けて残心《ざんしん》を示《しめ》した。

……どっちだ？

二人に答えるように、旗が三本、連鎖《れんさ》するように上がる。

白。

白。

白。

数度まばたきしても、目の前の光景は変わらない。善太のたすきと同じ色の旗が三本、冬の陽光を浴びてひるがえっている。

善太は天を仰《あお》いだ。

稲妻《いなずま》は、小さな流星を打ち落とした。

長かったような、短かったような、とてつもなく濃《こ》い三分間だった。

面の中に響《ひび》く善太の荒《あら》い呼吸《こきゅう》は、試合が終わってもなかなか整わなかった。自分の身体《からだ》を引きずるようにして歩き、マットの上にどしっと正座《せいざ》する。甲手《こて》を外して面を取ると、首から上が軽くなった。冷たい空気が気持ちいい。頭に巻《ま》いていた手ぬぐいで、顔をごしごし拭《ふ》く。

しんどかった。でも勝った。根性《こんじょう》なしの自分が、やり切った。

手ぬぐいをたたんで、前に手を突《つ》き、ぴしりと一礼。

その姿勢《しせい》のまま、突然《とつぜん》動けなくなった。

宝とめいっぱい戦い、なにもかも引き出されて、からっぽになって。そこに流れこんできたのは、爆発《ばくはつ》するようなうれしさでも、しびれるような快感《かいかん》でもなかった。

地中深くからこんこんとわき出す水のような、とめどない、ありがとうの気持ちだった。

兄弟子《あにでし》、兄弟子ってさんざん言ってきたけど、ああ、そうか。

引《ひ》っ張《ぱ》られてたのは、おれか。

両手が細かく震《ふる》えた。頭を下げたままで歯を食いしばり、きつく目を閉《と》じる。

最初から、おれのほうだったんだ、宝。

五

視界《しかい》の端《はし》に、まだ小さく火花が散っている。

宝は竹刀《しない》と面を抱《かか》えて一人で黙々《もくもく》と歩いた。にぎやかな人の群《む》れから離《はな》れ、本社の裏手《うらて》に回る。建物の影《かげ》になっている地面は、ところどころぼこぼこと盛《も》り上《あ》がっていた。霜柱《しもばしら》だ。太くて頑丈《がんじょう》で、宝が上に乗ってみても、なかなか折れない。軽くジャンプすると、めしゃっと音がして、ようやく土がへっこんだ。

つま先から徐々《じょじょ》に上へ視線《しせん》を移《うつ》す。雲一つなく、やさしい水色をした空は、鏡面《きょうめん》のように静かだ。

稲妻《いなずま》は、宝の頭上に落ちてきた。

鋭《するど》く、まっすぐに。宝の竹刀が、善太の面をとらえるよりも、わずかに先に。

「あー……」

白い息とともに、声がもれる。上を向くと、どうして口は開くんだろう。

あー。ああー。続けて声を出す。身体《からだ》からだんだん力が抜《ぬ》けて、空気の抜けたボールみたいに、ふにゃっとする。

全部、出し切った。

宝は目を閉《と》じ、抱《かか》えていた面におでこを当てた。

奉納試合《ほうのうじあい》を目前に控《ひか》えたある日、一人で稽古《けいこ》する宝の様子を、絹先生が見にやってきた。宝は休憩《きゅうけい》しながら、絹先生と少し話をした。

絹先生がもう五十年以上剣道《けんどう》を続けていると聞いて宝はおどろき、「いやになったことはないですか」と尋《たず》ねた。

すると絹先生は、ほがらかに笑って即答《そくとう》した。

「もちろん。何度もありましたよ」

「どんなとき、ですか？」

「昇段試験《しょうだんしけん》に五回連続で落ちたときとか」

うわあ。宝は心の中で声を上げた。ぼくなら、もう受けたくない。

「『女なら剣道よりも洋裁《ようさい》を習えばいいのに』と笑われたときとか」

「ようさい？」

「洋裁は、洋服を作ること。要はお裁縫《さいほう》です。私《わたし》の若《わか》いころは、花嫁修業《はなよめしゅぎょう》の一つとして習う女性《じょせい》が多かったんです」

お嫁《よめ》さんになるのに、修業《しゅぎょう》？　それが好きな剣道《けんどう》よりも、重要？　ちょっとよくわからない。

「でも、いちばんこたえたのは、教え子の叱《しか》り方《かた》に失敗して、その子がほかの道場へ移《うつ》ってしまったときですね」

「えっ」

それは、おだやかではない事態《じたい》だ。

「それだけのことを、私《わたし》がしてしまったのでしょうね。もっとその子を理解《りかい》してあげればよかった。その子に合った教え方ができればよかった」

小さく息を吐《は》いて、絹先生が目を伏《ふ》せる。

「一律《いちりつ》にただ厳《きび》しく教えるなんて、指導《しどう》でもなんでもない。救いは、その子が剣道自体をやめないでくれたことですけれど……今も反省していますし、もう二度と繰《く》り返《かえ》すまいと誓《ちか》っています」

はっきりと断言《だんげん》する。強靱《きょうじん》な意志《いし》をのぞかせる横顔を見上げながら、ああ、この先生が、阿久津くんや水原さんを教えてきたんだな、と実感する。

「絹先生は、これからも、剣道続けますか？」

「ええ、一生続けたいですね」

「一生」

「剣道《けんどう》は、本当に果てがないんです。稽古《けいこ》をすればするほど、できないことが見えてきて、それを一つ一つ、工夫《くふう》しながら越《こ》えていくのがおもしろいんですよ。競《きそ》い合《あ》う相手がいると、もっと楽しくなります」

競い合う相手。宝が反応《はんのう》すると、絹先生は笑顔《えがお》でうなずいた。

「宝くんたちの剣道は、まだまだ、これからですね。私《わたし》も、とても楽しみです」

これから。それはまだ、考えられない。

でも、ちゃんと負けたから。

めいっぱいがんばって、がんばり続けて、負けたから。

だからいいんだ。満足だ。

なのになんで？

「……くや、しい」

小さくうめいたとき、宝の胸《むね》の中にあった扉《とびら》が、音をたてて開いた。

頑丈《がんじょう》な扉の内側で、最後まで閉《と》じこもっていた感情《かんじょう》は、このときを待っていたかのように、いっせいに外へ飛び出していく。

「くやしい」

もう一度声に出すと、両目からどばっと涙《なみだ》があふれた。びっくりして息を止める。歯を食いしばっても、のどの奥《おく》から声がもれる。宝はたまらず、大きくしゃくりあげた。

くやしいくやしい。これからなんて関係ない。今、本気で挑《いど》んで勝てなかった。必死にがんばってかなわなかった。その事実が、どうしようもなく、くやしい。

みんな、こんな激《はげ》しい感情《かんじょう》を内側に抱《かか》えながら、それぞれの世界で、ひたむきに戦っているのだろうか。その結果を、越《こ》えてきているのだろうか。善太もあげはも、くすのきのメンバーやクラスメイトも、宝の父親と母親も。

自分は今日、その輪の中に、片足《かたあし》だけでも入れただろうか。

しばらく一人で泣き続け、少し落ち着いたところで深呼吸《しんこきゅう》して、宝は涙と鼻水でぐしゃぐしゃになった顔を手ぬぐいで拭《ふ》いた。

ところで、さっきからかげにかくれている人は、いつ出てくるつもりだろう。

もう一度、念入りに目をこすってから、じいっと建物の角を見る。すると善太が顔を出した。一瞬肩《いっしゅんかた》を揺《ゆ》らし、今来たんだぜ、という表情《ひょうじょう》をする。

「いえーい！　今度はおれが勝ったぜ、いえーい！」

喜びを爆発《ばくはつ》させながら、大きな体を上機嫌《じょうきげん》に揺らして近づいてくる。ここまで遠慮《えんりょ》なくはしゃがれると、涙も引っこむ。

善太はひとしきりさわいだあと、

「なんで最後、面だった？」

と、真顔で尋《たず》ねた。

「途中《とちゅう》もやたら面打ってきたけど、それは胴《どう》を決めるための見《み》せ技《わざ》なんだろうなって思ってた。一回やられそうになったときはすげーひやっとしたし。なあ、なのになんで得意技を」

「勝ちたかったから」

宝は善太をさえぎって答え、口を結んだ。

面抜《めんぬ》き胴《どう》。自分が頼《たよ》りにしてきた技で、今回も同じように勝てればいいな、とは思った。けれど相手は、宝の戦い方をよく知る善太だ。

胴は当然、警戒《けいかい》される。善太の鋭《するど》い面打ちをうまくかわせるとも限《かぎ》らない。タイミングを誤《あやま》れば、あっさり終わる。

だから、苦手な面を必死で稽古《けいこ》してきた。

最初から自分のペースで攻《せ》め、何度も面を打つ。善太なら、その面打ちを『見せ技だ』と考えるはずだ。得意の抜き胴を決めるために宝は面を打っているのだ、と。そうして下を強く意識《いしき》させながら、あえて上、面を決めようとした。自分の得意技を見せ技にして、善太の得意技で勝とうとした。

それが宝が懸命《けんめい》に考え挑戦《ちょうせん》した、『互《たが》いによく知る相手との戦い方』だ。刀を二本用意して、鞘《さや》から抜《ぬ》いた。その両方を折られて負けた。

説明なんかしたくない。くやしくて、ふつうに話せる自信もないのに……。

「おまえ、面打つ前にあご上げるくせ、出てたぞ」

「えっ？」

「最後だけ。ふだんいっしょに稽古《けいこ》してなきゃ気づかないくらい、ちょーっとだけな」

「えっ、ええっ、気をつけてたのに！」

「ま、そのくせが出ても出なくても、おれの稲妻面《いなずまめん》は決まってたと思うけど」

にやにやと満足げな善太の顔の前に、宝は人差し指を立てた。

「まだ、一勝一敗」

「あ？」

「それに、相手の得意技《とくいわざ》で勝つほうが、かっこいい」

「ああ？」

「だから、阿久津くんは全然、まだまだ」

善太は口をへの字にした。

「おまえ、実はなかなか、負けずぎらいなやつだったんだな」

「阿久津くんも」

「あげはほどじゃねーけどな」

宝と善太は同時に噴《ふ》き出《だ》した。あげはのいないところで悪いと思いつつ、しばらく笑ってから、宝はずっと気になっていたことを聞いた。

「あの、うちのお父さん、阿久津くんの家に電話したって」

すると善太は、ああ、とうなずいた。

「そういや母ちゃんがなんか言ってた。謝《あやま》り合戦《がっせん》とかなんとか」

「謝った？　お父さんが？　なんで？」

「知らねーよ。親同士の会話なんかいちいち聞かねえもん」

父親は善太の家に文句《もんく》の電話をかけたのだと思いこんでいたけれど、ちがったのだろうか。

首をひねっていると、胸《むね》を軽く小突《こづ》かれる。

「次は、いつにする？」

遊ぶ約束をするような顔をして、でも、刀の切っ先を突《つ》きつけるような真剣《しんけん》さで、善太は言った。

「また、勝負するだろ？　おれ、何回でも受けて立ってやるから。だから、その、ちがう中学行ってもさ」

「……『兄弟子《あにでし》だから』？」

善太が目をまん丸にする。宝は大きく口を開けて笑った。そのまま、善太より先に走り出す。

「あっ、おい、待てよっ」

本当は善太がなにを言おうとしたのか、その続きくらい、わかっている。


くすのきのメンバーの集合場所へ向かうと、絹先生やあげはたちのほかに、メンバーの保護者《ほごしゃ》も集まっているのが見えた。善太の父親と姉たち、そして宝の両親の姿《すがた》もある。

善太に勝つと宣言《せんげん》して、宝はそれを果たせなかった。

お父さん、怒《おこ》ってるかな。それともがっかりしてるかな。きっと、両方だ。

近づくのをためらっていると、誰《だれ》よりも先に宝の父親が、こちらに気づいた。

「宝ぁ！　よくがんばった！　すばらしかったぞ！」

顔を上気《じょうき》させて叫《さけ》び、両腕《りょううで》を大きく広げ、興奮《こうふん》をあらわに走ってくる。

「ひっ」

思わず後ずさると、「宝」と背後《はいご》で声がした。追いついた善太が左手を差し出して、よこせ、というように指を動かす。宝はうなずいた。重ねた稽古《けいこ》の跡《あと》が残る手に、大事な竹刀《しない》と防具《ぼうぐ》を預《あず》け、くるりとターンする。

みんなの笑い声を背中《せなか》で聞きながら、宝は軽《かろ》やかに逃《に》げ出《だ》した。

終章　未来

一

善太《ぜんた》が市立の中学校に入学してから、二週間がたった。
二、三年生が新入部員獲得《かくとく》に精《せい》を出している放課後、善太は武道場《ぶどうじょう》に続く扉《とびら》の前に立っていた。
竹刀《しない》がぶつかり爆《は》ぜる音。ぶち抜《ぬ》く勢《いきお》いで床《ゆか》を蹴《け》る振動《しんどう》。裂帛《れっぱく》の気合をこめた雄叫《おたけ》び。扉越《とびらご》しでも届《とど》く稽古《けいこ》の熱量に、圧倒《あっとう》される。

おおお。やっぱ、中学生ってすげーな。

ややビビってさまよわせた視線《しせん》が、左手に落ちる。握《にぎ》りしめていた竹刀袋《しないぶくろ》は、くすのき卒団式《そつだんしき》の日に、絹《きぬ》先生とあげはから贈《おく》られたものだ。

絹先生とあげはの祖母《そぼ》が持っていた古い着物をリメイクしたのだと、あげはが自慢《じまん》げに言っていた。外側は紺色《こんいろ》の無地。おれはもうちょっと派手《はで》でもよかったけどな、と思いながら何気なくその内側を見て、びっくりした。

黒地にちりばめられた赤と金の紅葉《もみじ》に、白い梅の花。現《あらわ》れた華《はな》やかな裏地《うらじ》は、善太の好みど真ん中だ。「すっげー！」と叫《さけ》ぶと、絹先生は目を細めて言った。

「それを持って、いつでもここへ稽古《けいこ》にいらっしゃい。善太くんも、宝《たから》くんも」

善太と宝が卒団《そつだん》して、小学生の部を引《ひ》っ張《ば》る立場になるあげはも、

「受け取ったんだから、ちゃんと稽古続けなきゃだめだからね」

と、善太と宝をにっこりしながらおどした。そのせいで、というわけではないけれど、善太は中学校の剣道部《けんどうぶ》に所属《しょぞく》することを決め、一人でこの扉《とびら》の前にいる。

宝。

おまえは今、どうしてる？

二

それと同じころ、宝も、道場の入り口の前で立っていた。

ううう、新しい場所は、やっぱり緊張《きんちょう》する。

宝は第一希望の中学校に無事合格《ごうかく》した。予定どおり、祖父《そふ》の家で下宿生活を始めている。学校に剣道部《けんどうぶ》はないけれど、両親に相談していっしょに道場を探《さが》してもらい、通えそうなところを見つけられた。

白い剣道着に白い袴《はかま》で臨《のぞ》む、入会一日目。卒団《そつだん》記念の竹刀袋《しないぶくろ》を両手で握《にぎ》って、そわそわとその場で足踏《あしぶ》みした。竹刀袋の裏地《うらじ》は淡《あわ》くやさしい水色で、そこに桜《さくら》と菊《きく》が満開に咲《さ》いている。

卒団式の日、くすのきのみんなは、「またね」と宝と善太を送り出してくれた。宝もさよならではなく、またね、と手を振《ふ》った。迷《まよ》わずにそう応《こた》えられたのは、こうして剣道を続ける自分が、はっきりと見えていたからだった。

でも、不安がないわけじゃない。自分から動き出すことは苦手なままだ。

ぼくは、ここでちゃんとやっていけるかなあ。

阿久津《あくつ》くんはどうなんだろう。今度はどんな場所で竹刀を振るうんだろう。

迷ったり、怖《こわ》かったりはしない？

三

くすのきの一般《いっぱん》の部に移《うつ》って、稽古《けいこ》を続けていってもよかった。でも善太の進んだ中学の剣道《けんどう》部《ぶ》は、県大会でもつねに上位に入るほどのレベルだと聞いた。なら、そこを中心に、同世代の剣《けん》士《し》たちと毎日剣道をやっていきたい。まったく新しい環境《かんきょう》で、自分がどう変われるのか、知りたい。

本気でそう思っている。……今のところは、だけど！

自分の未来には、楽しいことも、おもしろいことも、きっといっぱい待っている。飽《あ》きっぽい性格《せいかく》も、根性《こんじょう》なしも直ったわけではないから、剣道よりもすごく好きなものができてしまったら、迷《まよ》わずそっちを選ぶだろう。それはそれでいいじゃん？　と思う。

でも、今の自分がなによりもわくわくするのは、もう兄弟弟子《きょうだいでし》ではなくなった、ライバルとの勝負だから。

善太は扉《とびら》に視線《しせん》を戻《もど》し、にっと口角《こうかく》を上げる。

「よし」

んじゃ、おれはお先に。

追ってこいよ。

大股《おおまた》で一歩踏《ふ》み出《だ》して、善太は扉のノブに手をかける。

四

すっかり汗《あせ》ばんでしまっていた両手を片方《かたほう》ずつ振《ふ》り、ぐーぱーぐーぱーと動かしてみる。

怖《こわ》い。だけど止まっているのはもっと怖いから、声を出して飛びこんでしまおう。自分よりも大きな相手へ、戦いを挑《いど》むときのように。

左の手のひらに視線《しせん》を落とし、宝は笑《え》みを浮《う》かべた。

変化の不安は、進化の予感だ。

新しくなった自分で、また、善太の前に立ちふさがりたい。

「い……いき、ます」

ぼくを、待ってくれなくていい。

追いかけていくよ。

胸《むね》いっぱいに春の空気を吸《す》いこんで、宝は引き戸の取っ手に触《ふ》れる。


「失礼します！」

善太と宝の前で、それぞれの扉《とびら》が軽《かろ》やかに開く。射《さ》しこんだ光の先に、白い剣先《けんせん》を向けてくる相手の姿《すがた》を、二人は一瞬《いっしゅん》、はっきりと見た。

本作の執筆にあたり、左記の方々に取材のご協力をいただきました。
練兵館の諏訪幸男先生、
開智学舎剣友会の皆さま、
そして迫真の試合を見せてくださったすべての剣士の皆さまに、
この場をお借りして、心よりお礼を申し上げます。

装画　佐藤真紀子
装幀　坂川栄治＋鳴田小夜子（坂川事務所）

落合　由佳（おちあい・ゆか）
一九八四年、栃木県生まれ。東京都在住。法政大学卒業後、会社勤務などを経て、二〇一六年、バドミントンに打ち込む中学生たちを描いた「マイナス・ヒーロー」で第五十七回講談社児童文学新人賞佳作に入選。翌年、同タイトルのデビュー作を出版した。本作が二作目となる。

参考文献

星川保、恵土孝吉 著『剣道のトレーニング（スポーツ・トレーニング・コース）』（大修館書店）
東松舘道場　榎本松雄 監修『少年剣道基本げいこ——道場で習うけいこ・技術のすべてがわかる！（ジュニアスポーツ）』（大泉書店）
月刊「剣道日本」編集部 編著『宮崎正裕の剣道』（スキージャーナル）

流星《りゅうせい》と稲妻《いなずま》

二〇一八年九月十一日　第一刷発行

著　者　落合《おちあい》由佳《ゆか》

発行者　渡瀬昌彦

発行所　株式会社講談社　（〒一一二―八〇〇一）
東京都文京区音羽二―一二―二一
電話　編集　〇三（五三九五）三五三五
販売　〇三（五三九五）三六二五
業務　〇三（五三九五）三六一五

印刷所　株式会社精興社

製本所　株式会社若林製本工場

本文データ制作　講談社デジタル製作

N.D.C.913　252p　22cm　ISBN978-4-06-512401-7
© Yuka Ochiai 2018 Printed in Japan

落丁本・乱丁本は、購入書店名を明記のうえ、小社業務あてにお送りください。送料小社負担にておとりかえします。なお、この本についてのお問い合わせは、児童図書編集あてにお願いいたします。定価はカバーに表示してあります。

本書のコピー、スキャン、デジタル化等の無断複製は著作権法上での例外を除き禁じられています。本書を代行業者等の第三者に依頼してスキャンやデジタル化することはたとえ個人や家庭内の利用でも著作権法違反です。

この本は、書き下ろしです。

第58回 講談社児童文学新人賞 受賞作

リマ・トゥジュ・リマ・トゥジュ・トゥジュ

こまつあやこ 著

中2の9月に、マレーシアから帰国した沙弥《さや》は、日本の中学校に順応しようと四苦八苦。ある日、沙弥は延滞本の返却を督促《とくそく》してまわることで有名な3年生の「督促女王」から図書室に呼び出される。督促女王に「今からギンコウに行くからついてきて」と言われ、銀行強盗をするつもりなのかと沙弥は驚くが、それは銀行ではなく、短歌の吟行のことだった。

　短歌なんて詠んだことのない、帰国子女の沙弥は戸惑う。しかし、でたらめにマレーシア語を織り交ぜた短歌を詠んでみると……。

第58回 講談社児童文学新人賞 佳作入選作

大坂オナラ草紙

谷口雅美 著

平太《へいた》は大阪で暮らす小学5年生。特技は絵を描くことだが、転校前に描いた似顔絵で友達を傷つけ、もう絵は描かないと決めていた。ある日、平太はおじいちゃんの古い冊子を見ているうちに、江戸時代にタイムスリップ！　泥棒の疑いをかけられた同い年の少女・お篤《あつ》を救うために平太が描いた人相書きが評判になるが、食べすぎたおいものせいでオナラをするとふたたび現代に逆戻り！

　瓦版と新聞、人相書きと似顔絵……「書き記すこと」で時間や距離を越えて繋がっていく人と人との絆を描く、人情溢れるエンターテインメント小説。

平成30年度 埼玉・夏休みすいせん図書

マイナス・ヒーロー

落合由佳 著

「あんたが負けるとムカつくんだよ」
弱小バドミントン部の虚弱男子は、万年銀メダルのゆるふわヒロインに金ピカを獲らせることができるのか⁉
バドミントン部の羽《は》野《の》海《うみ》は、実力がありながら準優勝どまりの中学2年生。同級生の久《く》能《のう》凪《なぎ》人《と》は、小学生時代はクラブチームで活動していたが、体が弱く、バドミントンの道をあきらめた過去がある。ある日の体育の授業で、海は凪人を強引に誘って、現役部員を相手にダブルスで対決しようと言い出した。これをきっかけに、凪人はバドミントン部のマネージャーをすることに——。